JN163113

戸渡阿見

toto ami

おじいさんと熊

短篇小説集

たちばな出版

まえがき

文学の定義は様々ですが、文学で人間や社会を語り尽くすのは、無理があります。それを試みる文学者も居ますが、やはり困難です。心や魂や人生の課題は、宗教や哲学には敵(かな)いません。社会問題や生活問題は、政治や経済には敵わない。社会悪や犯罪性の問題は、ジャーナリズムや警察には及びません。子供や人間性のゆがみは、教育や道徳には敵わないのです。また現代社会の孤独や疎外感は、文学でなくても、それは本来宗教が担うテーマです。

また、孤独や疎外感は、決して悪いものではありません。芸術や創造的な仕事をする人の、糧になっています。また、会社や組織のトップに立つ人は、孤独や疎外感の中から、勇気を振るい起こし、責任と役割を全うするのです。そこに、人間としての立派さや偉大さがあります。

孤独や疎外感、人生や社会の暗闘を描くのが、文学だと信ずる人は、文学以外に知らない人でしょう。幅広い知識や経験があれば、文学に限界がある事が解ります。もし、文学で人生や社会の問題を描いたとして、誰がそれを解決し、改善するのでしょうか。解決も改善もできず、描きっぱなしの文学は、無責任に思えます。その上、宗教家や哲学者や学者から見れば、その多くは、浅い人間理解や社会や人生の捉え方なのです。

さらに、文体に芸術性のないものも多い。だから、どうしても、教養の厚みがある人は、古典主義に回帰するのです。駄本を読みたくない。駄文学を読みたくないと思うからです。

それならば、いっそ、理屈抜きで楽しめる文学を読みたい。エンターテイメントでいいじゃないか。なのに、そういう文学は、文学的に低く見られるのです。誰が、低く見るのでしょうか。

「偏見は無知より生ず」という諺がある。そのように、偏狭な文学に偏った、宗教、哲学、学術、政治、経済、教育、福祉、音楽、美術に精通しない人々が、見下すのです。

かわいそうなのは、メルヘン作家や推理作家、コミックやアニメの作家です。日本文学の原点は、「物語」と「歌」です。「物語」は、文体が魅力的で、面白かったらいいのです。長篇になると、どこかにリアリティーがないと、読み終わった人が怒るだけです。短篇なら、何でもありです。

「歌」は詩歌ですが、言葉の調べが5割、意味が5割です。そして、そこに詩情があり、その人にしか詠めない、その人らしい個性や意外性があり、有り型のパターンにはまらない、独自な創造性があればいいのです。それが、詩歌の芸術性です。

それで、自分が文学に向かう時は、読み手としては古典主義です。書き手としては、日本文学の原点の「物語」と「歌」を、バラバラにしたり、融合させて創作します。リアリティのない、短篇や詩歌やギャグを好むのは、会社や組織の経営を通し、毎日現実社会と向き合い、問題に直面し、それを解決したり、改善してるからです。わざわざ、文学にまでそれを持ち込みたくない。そう思うからです。現実を書くと、手がしびれて書けなくなるという、川上弘美さんのようです。

そして、偏った知識しかない文学評論や、知識だけで体験や実行のない文学概論を気にしなければ、文学は楽しく、人生を豊かにしてくれます。これが、私の文学に対する姿勢です。

戸渡阿見
又の名を　深見東州
本名　半田晴久

平成二十七年七月

本書について

この本は『蜥蜴(とかげ)』『バッタに抱かれて』に続く、私の三冊目の短篇小説です。二冊目の短篇集『バッタに抱かれて』は、日本図書館協会選定図書になりました。毎年何万点もの本が出版されるなか、図書館に置いて、子供から大人まで、多くの人が読むのにふさわしい本だと評価していただけたのは、大変光栄なことです。しかし、上品な下ネタも散りばめられているので、本当にいいのだろうか…と、少し心配にもなりました。

ところで、すぐれた小説や詩を読んだあとは、作品からにじみ出るエネルギーに触発され、自分も創作エネルギーが湧いてきます。

素晴らしい作家や好きな作家はたくさんいますが、私の文体は、特に吉川英治に影響を受けています。吉川英治は小学校を中退し、あらゆる職業を経験しました。船底の清掃をしたり、人生でさまざまな苦杯をなめながら、生きている人間の実態を経験し、独学で勉強しました。その魂の力があるので、どれを読んでも圧倒的におもしろく、どこか魂に響いてくるのです。一行読むごとに、感動しながら読んでるので、なかなか読み終わりません。

私も作品を進化させるため、あらゆる小説を読み、研究し、それを越えるべく、命を削るような精進をしながら、一作一作を仕上げています。そうでなければ、文字に魂が宿り、読む人の魂に響いてくる作品にならないと思うからです。

そして、小説や詩を書き上げた時は、いつも周囲の人達に読んでもらい、感想を聞きます。

すると、「『バッタに抱かれて』を読んで、足の先までぽかぽかしました」とか、「『フランケンシュタイン』を読んだ男性は、みんなにやにやしてました」とか、作品の本質とは全く見当違いの感想が寄せられることが多いのです。

これを聞いて、私は本当にがっかりしました。ひとつの作品を完成させるまでの、長い精進と研鑽の日々は、一体なんだったのかと……。

もちろん、全ての人がそうだとは思いません。

なかには、『フランケンシュタイン』を読んで、本当に感動しました。こんなに深い人間愛、宗教哲学が、こんなに軽く、さらりと書かれているとは…！」という、感想を持った人も多かったのです。

絵や文学の素養のある人ほど、私の作品を、有り型のパターンにはまらない作品として喜んでくれます。泉鏡花や稲垣足穂、安倍公房や川上弘美、筒井康隆や星新一を愛読した人なら、違和感なく楽しめるはずです。

絵に関しては、目利きと言われる求龍堂の元取締役編集部長の松井武利氏も、「深見さん（私の別名）は巨匠だ！」と高く評価してくれてます。そのポイントは「素朴、純粋、稚拙」という、三つの点です。巨匠とは、磨かれた魂を表現するために、敢えてうまく描こうとせず、写実的にキッチリ描かないのです。特に、印象派の巨匠はみんなそうです。

ところが、絵に造詣のない人は、写実的にキッチリうまく描く人が、優れた画家だと思ってしまうのです。詩や俳句や小説に関しても、同じ事が言えるでしょう。きっちり書かない短篇小説を、すぐにバカにしたり、見下す人も多いのです。

ところで、小説やドラマはフィクションであり、虚構です。しかし、虚構を描いた小説やドラマの方が、メッセージ性があり、真実なるものが伝わってくることも多いのです。これが小説の原点ではないかと思います。

しかし、いったい、読者の中のどれほどの人が、私の小説やメッセージを理解してくれるのでしょうか。苦吟し、呻吟しながら、有り型のパターンにはまらない、独創性やエンターテインメント性を追求しているのに……。

そこで、前作の『蜥蜴』や『バッタに抱かれて』では、作者の意図にもとづく解説をつけました。その基本的な解説があり、あとは自由に自分が咀嚼すればよいのです。しかし、その解説は、私自身による解説ではありませんでした。私の作品の言いたいことを、良く理解している、玉子ノ君左衛門による解説鑑賞です。

変な名前ですが、これは二人の名前が合体した、藤子不二雄のような名前です。二人の名前が、合体したのです。この解説を読んでから本文を読んでもいいし、本文を読んでから、解説を読んでもいい。また、全く読まなくてもいいのです。どのようにしても、本を買った人の自由です。ですが、これを読めば、私の小説の意図するところを、理解していただけたことでしょう。

しかし、今回は、この解説をつけるのをやめました。私も、あんまり理屈っぽく、深刻に考えて書いてないので、真意や深意はどうでもいいと思うようになりました。

小説は楽しければ、それでいいと思います。笑えたり、感動したり、恐かったり、そして、読後、心が癒されて、元気になり、やる気がみなぎってくれれば、それだけで十分なのです。

この本をどうするのも、本を買った人の自由です。

とはいえ、ヤギのエサには厚すぎるし、焼き芋の焚火に使うには、それほど燃えないでしょう。かといって、漬物石の代わりにするには軽すぎます。

できれば読んでいただき、明るく前向きな気持ちが湧いてくるようなら、作者として、この上なく嬉しく思うものです。

なお、小説の解説について詳しく述べた、前作の序文も再録します。興味ある方はお読みください。前にも読んだという方は、あっさり飛ばして、どうぞ本文にお進みください。

戸渡阿見（ととあみ）

『バッタに抱かれて』序文（改訂再録）

この短篇集は、愉快で楽しい本なのに、初めにまじめな事を書きます。私はまじめな人間です。しかし、そのまじめを追求すると、この上なくおかしくなります。なぜなのか。それは、地球がまるいからです。東をどこまでも追求すると、西から帰ってくるのです。逆に、西をどこまでも追求すると、東から帰ってきます。だから、私は東や西から飛び始め、いつも地球をグルグル回っています。巨大なるアホウ鳥のように……。

ところで、私は文芸に生きていますが、その他にも予備校を創設し、その校長を三十八年続けています。時計の輸入や卸しや小売り業も、三十六年続けています。以前産経新聞に、教育に関するコラムを、二年間連載したことがあります。それが、『大学入試合格の秘訣！』という、本になりました。

私はもう、画集や詩集や料理本、ギャグ本、ビジネス書など、二八〇冊以上出版しました。アホウ鳥が、何回地球を回ったことか。これでお解りでしょう。

話を元に戻しましょう。

私は予備校の高校生や受験生に対し、時々文学や読書についてのコメントをします。読書に関しては、まずこれです。解説がついてる本は、まず、解説から読んだ方がいいことです。理由は、まず解説を依頼されて書く人は、少なくとも、受験生や大学生、また一般のOLやサラリーマンより、文学や本のテーマ、また作者に精通してるからです。受験生や大学生、またOLやサラリーマンが、解説者以上に鑑賞し、読解でき、評論できるとは思えません。それができるには、質の高い本を、数千冊読まないと不可能でしょう。それでなければ、誰が見ても納得できる評論や鑑賞が、できるはずがありません。

それから、子供を読書嫌いにする、読書感想文はなるべく教師はさせない方がいい。いつも、そう教師に勧めます。なぜなら、感想文といっても、アラ筋や印象を書くのが大半だからです。知的論評を含む感想と言える感想文は、一握りの読書好きの人にしか書けないからです。読破した本の、冊数競争なら大変有意義です。つまり、圧倒的な読書の量がなければ、まともな感想文は書けないのです。

あまり本を読まない子供にとって、文章を書くこと自体、特に読書感想文を書くことは、苦痛以外のなにものでもありません。ますます、読書が嫌いになります。だから、普通の子供には、読書感想文を書かせるより、本に興味を持ち、本が好きになる話を、どんどんするべきです。そして、最初はなるべく薄くて、面白い本から勧めるのです。教育的に見て有意義な本や、課題図書ほど、つまらない本が多いのです。それは、ベネチア映画祭などで、グランプリを取った映画が、あまり興行的に成功しないのと同じです。映画通には面白くても、一般人にはつまらないのです。それと同じで、読書通には面白い本でも、普通の子供にはつまらないのです。

何でもいいから、夏休みに本を読む課題を与えると、ほとんどの子供は、星新一を読んで来ます。読み易くて短く、面白いからです。最初は、このレベルからでいいのです。星新一の本を十冊読むと、飽きてきて、ほかの本が読みたくなるはずです。こうして、初めは質よりも量を大切にするのです。そして、感想文を書かせるよりは、本を読んだかどうか、何が書いてあったのか、口頭で確かめるだけで充分です。つまり、読書の量を増やす教育が、子供にとってはより大切なのです。自分でどんどん本を読む子に育てたら、もう教師の役割は終わりです。何もしなくても、その子は自分で大きくなり、独学で何でもマスターできるのです。また、あらゆるものを教師として、メキメキ自分で成長します。

その第一歩として勧めるのは、八時間ぐらい、休憩しながらカン詰めで読ませることです。もちろん、教師も側で一緒に読んで、遊ばないように見張るのです。すると、本を完読した達成感があり、読書が面白くなります。大きなクラスなら、子供の読書歴により、本のレベルを変えるべきです。ここから、うまく読書好きに育てるのです。

ところで、今は入試でも、予備校の発行する薄型問題集や、薄型参考書しか売れません。小説も、評論文も、本は薄めで字が大きくないと、あまり売れない時代です。だから、薄型で、字の大きな本を、解説から読んで解った気になるだけでいい。それで、どんどん量を読むのです。その方が、より有意義です。学校でも、そういう子供が一番成績がいい。社会人でも、そういう人が教養ある人達なのです。どんどん量をこなす内に、だんだん質が上がります。そして、いつの間にか解説者の読解レベルに近づき、追い越し、優れた自分の解説ができるようになるのです。これは、英語の学習でも全く同じです。

ここで、「説教臭いことを言う著者だ」と思った方、特に立ち読みしてる方に警告します。「この著者の作品は、序文とは全く違って、最初から最後まで、面白くて楽しいのです。短篇集第一弾の『蜥蜴』、第二弾『バッタに抱かれて』でも、序文の高度で格調高い論評と、本文の軽薄さとのギャップが、最も面白かったという読者が、たくさんいたのです。だから、本文に行き着くまで諦めず、他の本に浮気することなく、立ち読みを続けてください！」

ところで、大学入試の現代文で、よく出題されるのは、最近は養老孟司、山崎正和、鷲田清一、村上陽一郎、河合隼雄です。その少し前は、山崎正和、養老孟司、大岡信、外山滋比古、大野晋でした。私の世代では、串田孫一、亀井勝一郎、唐木順三、谷川徹三、南原繁、小林秀雄などが、よく出ました。

まずはこうした本を、一冊でも多く読むことです。どの作者も、本当に面白い、いいエッセーや評論文を書きます。入試で選ばれる作家とは、大学教授が選んだ、知的に面白くていい文章を書く、作家なのです。こうして、小説だけでなく、エッセーや評論文を読み、小説を味わい、鑑賞する楽しさを、深めて欲しいと思います。文芸を楽しみ、鑑賞する醍醐味を知るには、ある程度の活字読解の量と質、そして幅が必要です。無論、説教臭くても、最後まで序文を読む根気も大切です。

ところで、急に話は変わりますが、日本と世界の古典、近現代のあらゆる名作を読破し、古今の文学に精通した、文学部の教授や准教授が「これはいいね」という本と、ふつうに本が好きで、出版社に勤めたり、雑誌の編集をしてる人が「これはいいね」という本では、かなり違うと思います。

また、政財界のトップは、経済、政治、古典、文学、哲学、宗教、何でも知っています。元経団連会長の平岩外四（ひらいわがいし）は、蔵書三万冊と言われ、元衆議院議長の前尾繁三郎も、蔵書四万冊と言われました。それだけの本を、ザッとでも読んで咀嚼（そしゃく）し、若い頃から読書で人間や教養を磨き、それを実行して来た人は、やはりすごい。皆さん、それなりに一流の政治家やビジネスマンになり、多くは政界、財界のトップになっています。その人達が選ぶ、「これはいいね」という本も、若い出版社や雑誌の編集者が選ぶ本とは、かなり違うでしょう。

そして、いまでは女子大の文学部で、夏目漱石や森鷗外の現代語訳を読む時代です。そういう、質や量や幅を読みこなさない人が、単に泣けるか泣けないかだけで、小説の良し悪しを評価する最近の傾向は、本当に嘆かわしいです。今、私と同世代の五十代、六十代の読書人なら、皆さんそう思うはずです。

ところで、小説でも、文庫版は解説のある場合が多いものです。例えば三島由紀夫の短篇集で、三島自身の解説のある本があります。本当に助かります。うれしいことです。解説も、三島の作品の一部だと感じるものです。

三島由紀夫は、「泣ける小説はかんたんだ。笑える小説が難しい、一番難しいのは、怖がらせる小説だ」と言いました。その意味ではスティーブン・キングや泉鏡花、坂口安吾、内田百閒、最近では「リング」の作者鈴木光司は、絶品の作品を書く作家でしょう。今の若い人のように、泣けるか泣けないだけで、小説を評価するのは、小説にとっては、本当に泣ける話です。

それよりも、笑えるかどうか。恐くなるかどうか。感動できるかどうか。また幸せになるかどうか。癒（いや）されて、元気になるかどうか。そして、文体に酔いしれたり、物語のメルヘンに引き込まれ、ケーキをおいしく食べられるかどうか。また考えさせられたり、ハラハラドキドキして、柿ピーナッツを食べ尽くすかどうか。いろいろな評価や鑑賞、楽しみ方があると思うのです。

今回の収録作品は、下ネタとダジャレがあるもの、ダジャレも下ネタもないものがあります。

ダジャレも下ネタも、ラジオドラマや私の主宰する劇団で、戯曲として上演するには、観客のノリやウケには必要です。しかし、馬鹿なことばかり書いていると、自分でも情けなくなります。すると、今度は反動で、ダジャレも下ネタもない、ピュアな小説が生み出されるのです。

最初に書いたように、地球を南北に飛び回るわけです。寒いダジャレの北極を回り、心温まる赤道を越え、また寒い南極を飛ぶのです。

私は文芸を始めとする、多面的な人間です。だから作品も表現も、ジャンルの壁を飛び越え、つい多面的になるのです。つまり、月光仮面ではなく、月光多面なのです。

こういう、関係ない結論になるのが、私らしさでもあります。そして結果的に、あらゆる方に楽しんで頂き、喜んで頂ければ、著者としてこれに勝る幸せはありません。

もう、本文を読む気がなくなりましたか。そうでないことを、ご先祖に祈るばかりです……。

戸渡阿見（ととあみ）

目次

装丁＝ｃｇｓ
装画＝あずみ虫

短篇小説集

おじいさんと熊

戸渡阿見（ととあみ）

おじいさんと熊

いろりの端(はた)で、タバコを吸ってるおじいさんが、おもむろに言った。

「いろいろと、いやな事もいい事もあったが、今までで、一番良かったことは何かと言えば、やっぱり……、あれだな。わしが、一時人間をやめ、熊になってた時だ。あの時は、シャケも手摑みで取れたし、どんな人間もわしを恐れた。人も三人殺して食べたが、若い女は特においしかった。もう一度、熊に戻って、蜜のような味の、若い女を食べたいものだ」

するると、その時、熊が突然やって来て、いろりの端でタバコを吸い始めた。タバコの煙をくゆらせて、熊はおもむろに言った。

「いろいろと、いやな事もいい事もあったが、今までで、一番良かったことは何かと言えば、やっぱり……、あれだな。わしが、一時熊をやめ、人間だった時、あの時はシャケもルアーで釣ったし、どんな熊もわしを恐れた。熊も三匹殺して食べたが、若いメスの熊は特においしかった。もう一度人間に戻って、蜂蜜のついた熊の手を、食べたいな」

おじいさんと熊は、そのままずっとタバコを吸い続けた。しばらくすると、熊はおじいさんの存在に驚き、「お前は人間か」と叫んだ。また、おじいさんも、隣にいる熊に気づき、叫んだ。「お、お、お前は、熊か！」

二人は、お互いに驚き、恐れるとともに、だんだん目を細めた。そして、ため息まじりで、異口同音に言った。

「いいなあ……、あんたは……」

それで、なんだか心が通じ合い、またいろりの端で、おじいさんと熊はタバコを吸い始めた。そして、目が合うごとに、何度もたたえ合った。

「いいなあ、熊で……」

「いいなあ、人間で……」

こうして歳月が流れ、人間と熊は、お互いが羨ましい存在になった。

その後、おじいさんが川でサケを釣ってる時に、一匹のメス熊が現れた。メス熊は冬眠前だったので、おじいさんを見るなり襲いかかり、食べてしまった。

死ぬ前に、おじいさんは言った。

おじいさん「いいなあ、あんたは熊で。わしは若い女ほどおいしくないが、冬眠前の腹の足しにはなるよ」

おじいさんを食べた後、熊はあたりを見回し、キョトンとして森に帰って行った。このメス熊は、人間になったことのない熊だった。

一方、おじいさんとタバコを吸った熊が、川でシャケを取ってたら、禿げた猟師がやって来た。この猟師は、狎れ狎れしく近づく熊を恐れ、夢中で猟銃を撃った。

タバコ好きの熊は、死ぬ直前に言った。

熊「いいなあ、あんたは人間で。少しニコチン臭いが、わしの毛皮は高く売れるよ。手や体の肉は、食通に喜ばれるし……」

禿げた猟師は、つぶやく熊の声は聞き取れず、急いで家路についた。この猟師は、熊になったことのない人間だった。

人間も熊も、一度相手の生き物になると、魂が交流し、深い愛情が生まれるようだ。だから、殺されても相手の事を思いやる。この純粋な愛が昇華し、おじいさんと熊は、死んで森の神様になった。おじいさんは熊を守る神様。熊は人間を守る神様である。森でタバコを吸い「いいなあ、いいなあ」と唱えると、神様が現われて願いを叶えてくださる。

このおじいさん、実はオリオン星座の化身だった。熊は、こぐま座の化身である。そして、タバコの煙は、そこに感応する星雲の化身だったのである。

しばらくして、この森から熊祭りが始まった。イヨマンテと呼ばれる祭りは、長老のおじいさんがタバコを吸い、熊をたたえて行われる。その時、生贄になった熊は、微笑むような表情になると言う。また、こぐま座の北極星と、オリオン星座の三つ星は、いつもより一層輝くそうである。

残酷な天使のテーゼ

面白い天使が空からやって来て、おもむろに、昔の想い出を語り始めた。
天使「わしはー。昔ー。仏様をやっていたのじゃー。しかし、信心深い若者の前に現れたら……」
若者「なに……、この仏さん。ぶさいくー！　ださー！　妖怪か……！　時代遅れの、古いファッションだねー」
仏さま「あの……。仏教ではこれが普通なんですけど……。これでないと……、ありがた味がなくて……。誰も敬ってくれないんです」
若者「ぼくは、別に仏教じゃないし、神仏は敬うけど、宗派にはこだわらないんだ。ただ、美しいものにあこがれるんだ」
仏さま「あの……。私も実はそうなんです。それで、美を尽くして現れたんですが」
若者「あっはっはっはっはー。わっはっはっはっはっはー。おっほっほっほっほっほー。ケタケタケタケタケター、ケロケロケロケロ、バハハハハー」
仏さま「あの……。それ……、笑いすぎじゃないですか……」
若者「なにィ……？　笑いすぎ？　ぼくをこんなに笑わせたのは、誰のせいなんだ。うわっはっはっはっはー、クックックックックックー」
仏さま「そ、そんなにおかしいですか？」
若者「おかしいよ。ほんとにおかしいよ。わっはっはっはっは」
仏さま「何がそんなにおかしいんですか」
若者「何がって、そりゃ、美を尽くした姿がそれなんだから……。美の基準が違いすぎるよ……。ぼくらの世界では、それは『ブー、サー、イー、クー』って言うんだよ。わっはっはっはっは」
仏さま「それって、『お、も、て、な、し』じゃないんですか」

若者「あのねー。『お、も、て、な、し』っていうのは、美人が言うものだよ……。『ブ、サ、イ、ク』な人が言うと、『だ、い、な、し』になるんだよ」
仏さま「そ、その『だ、い、な、し』っていうのは、何ですか?」
若者「それは、『お、も、て、な、し』の逆だよ」
仏さま「そ、それは、裏ばかりだから、おもてがないんですか……」
若者「あのねー。そうじゃない。題がないから、だいなしなんだ」
仏さま「あー、あれか。毎週テレビでやってる、面白い音楽番組だろー」
若者「あのねー。それは、『題名のない音楽会』だろ。ちがうよ!」
仏さま「じゃあ、じゃあ。『無題』っていう、詩や絵の事かい」
若者「ちがうよ。ちがうよ。そんな、いいもんじゃない。化物に耳を取られ、顔が台なしになるようなものだよ」
仏さま「どきーい。な、な、なぜそれを……、な、なぜわかったんだ」
若者「なぜって? なぜって……、なんだよ」
仏さま「わ、わしの前世が、『耳なし芳一』であることが、なぜわかったのだ」

若者「なぜって、たまたま言っただけだよ……」
仏さま「も、も、もしかして、あなたさまは、あの時の……」
若者「え、え、えー。あなたさまと言われても……。えええ？」

その時、天から光がやって来て、若者を照らした。すると、若者の姿は、たちまち化物の姿になった。

仏さま「や、や、やっぱりそうだったか。あ、あの時のー。私の耳を引きちぎった、化物だったのか。そ、その、不敵な笑い声が、何よりの証拠だー」
化物「ふっふっふっふっふっ。ようやくわかったか。その通りだ。わしは、お前の耳を引きちぎり、その功績で人間に生まれ変わったのだ」
仏さま「そ、その節は、大変お世話になりました。あなたに……、耳を引きちぎられたおかげで、何の迷いもなくなり、仏道に専念する事ができました。おかげで、死んで菩薩になり、こうして仏さまをやらせて頂いてます」

化物「それは、何よりですな。私も、あなたの修業の役に立てて、化物冥利につきますよ。わはははは、おほほほほ、ケロケロケロべー、ババババケー！」
仏さま「や、やっぱり。その笑い声は、なつかしい。あの化物の笑い声だったんだ」
化物「そ、そうなんだ。こればっかりは、生まれ替わっても、変わらないようだ……」
仏さま「それにしても、化物のあなたに、ブサイクだとか、ダサイとか、妖怪みたいだとか、言われたくなかった……」
化物「あのねー。君ねー。それは、全て私の反省や後悔、自己嫌悪から出た言葉なんだ。化物の私の、この醜さを哀れんだお釈迦さまが、生まれ替わる時に、オカマのようなイケメンにしてくれたのさ」
仏さま「なぜ、オカマのようなイケメンになったのだ？」
化物「それは、時代の最先端を行くイケメンだからだよ」
仏さま「へえー。オカマが時代の最先端ねえ」
化物「そうだよ。今やイケメンの、着物を着たオカマや、太り過ぎのオカマが、テレビでもてはやされる時代なんだ」

仏さま「別に、オカマでなくても、テレビでもてはやされてると思うけどねー」
化物「いや、本心を言えば、オカマが好きなんだ。お釈迦さまの慈悲は偉大でね。徳さえあれば、どんな姿にもしてくださるんだ」
仏さま「そう、そうなのか。じゃあ、じゃあ。私も……、時代の最先端の姿にしてもらおうかな……」
化物「それが、いいんじゃないの。多くの若者に崇敬されるには、その姿じゃ古すぎるよ」
仏さま「じゃあ、どんな姿がいいのかな……」
化物「そうだね……。華やかな感じの、天使がいいんじゃないの」
仏さま「あ、あ、あのね……、私、仏教の仏さまなんですよー。神仏習合はあっても、キリ仏習合なんて聞いたことないよー」
化物「ふ、ふるいねー。宗派にこだわらないって、あんたも言ったじゃないか……」
その時、天から何本も光がさし込み、お釈迦さまが現れた。大変モダンな姿である。

アイドルグループの、リーダーのような出で立ちである。

お釈迦さま「化物よ、久しぶりだな。そこに居るのは、耳なし芳一か。お前も、菩薩になったけれど、相変わらず『ボサーツ』としているな」

仏さま「あ、あ、あのー、あなた様は、お釈迦さまですか。ま、ま、まさか。そんなお姿で、お出ましになるとは……」

お釈迦さま「耳なし芳一よ、お前は仏道に専心し、悟りを開き、徳も積んだが、本物の慈悲は……、まだ足りないようじゃな」

仏さま「と、言いますと……」

お釈迦さま「お前がもし、本当に大慈大悲があるのなら、観音にならねばならない」

仏さま「ええ。ということは……、ええ……と」

お釈迦さま「は、は、はー。つまり、おのれの主義や主張、宗派や伝統にとらわれず、目前にある時代、目前にある社会、目前にある衆生に、わかり易い姿に化身して、人々を導き救う事じゃ。理屈や教義、宗派などは関係ない。大慈大悲の心が本物なら、いつでも三十三相に化身して、あらゆる人々を導くことじゃ。それが観音さまじゃ。お前が、何かにこだわりを持つ間は、まだ大慈大悲が本物ではないのだ」
仏さま「う、う、うー。わかりま……、した……。」

仏さまは嗚咽(おえつ)して、言葉を発することができない。ただひざまずき、お釈迦さまに額(ぬか)ずいたまま、滂沱(ぼうだ)の涙を流している。

化物「あれれれれー。耳なし芳一が、今度は口なし芳一になっちゃったよ……」

その時、光が四方からやって来て、仏さまを包み込む。すると、仏さまの姿は、たちまち光り輝く天使の姿になった。お釈迦さまの説法に触れ、本当の慈悲を悟った仏さまは、天使にも龍にも天女にもなれるようになった。
化物も、元のオカマ風の若者になり、天使を見つめている。

天使「おかげさまで、私は本当の慈悲に目醒め、観音の位に上がることができました。これからは、どんなものにも化身できます。そして、あらゆる人々を導き、救うことができます。これも、お釈迦さまと化物さんのおかげ……。あれれ、お釈迦さまが居ない。それに、化物さんも、オカマ風の若者になっちゃった」

若者「仏さん！　いや、耳なし芳一さん。いや、天使さん。本当に良かったね。美しい、輝くような姿になったよ。見とれてしまうね」

天使「ほ、ほんとですか。う、うれしいなあ。本当にうれしいよ。あ、あれは何だ！」

いろいろな天使が、その場に現れてニコニコ笑っている。

そこに、またお釈迦さまが現れた。

お釈迦さま「よくぞ悟った。元耳なし芳一よ。見事な天使になったぞ。ただし、年寄りを導く時は、元の仏様の方がいいぞ。とらわれないこと。そして、とらわれないことにもとらわれず、言うべき時は言い、主張すべき時は主張する。それが本当の自然体。これを大自在と言うのじゃ。お前は、天使にもなれるようになったから、ここで、名前をつけてやろう。耳なし芳一から、口なし芳一になり、天使になったから、『ナッシー天使』、または『ナッシーエンゼル』だな。どうだ、いい名前だろう」
ナッシー天使「あのー、私、千葉県に住んでるもので、そこに、まぎらわしいユルキャラがいまして……」
若者「そんな事、言うナッシー。君はもう、大自在の天使なんだッシー。全国区で活躍できるナッシー。ユルキャラの事は、気にする事ナッシーだよ」
ナッシー天使「それも、そうだね。わはははは、ナシナシナシー」
若者「なにかが、乗り移ったみたいだね!」
ナッシー天使「そんな事は、ナシナッシーよ」
お釈迦さま「ほら、そこに居ならぶ天使たちは、元は仏教や儒教、道教や神道、イスラム教やキリスト教のリーダーだった。しかし、時代の変化に対応し、人々を導くために、今はコスプレ天使になって、ハロウィンを流行らせたり、若者文化を創造し、新しい政治や社会機構を生み出している。つまり、新しい時代を作るために、協力し合って活躍してるんだ。もともとの宗教や宗派、時代や国籍、民族の違いなんて」
全ての天使「ナッシー、ナッシー、関係ナッシー」
お釈迦さま「何が共通してるかと言えば」
全ての天使「慈悲ー、慈悲ー。人々に対する、慈悲ーと慈愛ー。ほかにはナッシー。理屈もナッシー。争いもナッシ——！」
ナッシー天使、若者「いやはや、ナッシー天使の名前には、深い深い意味があったのですね」
お釈迦さま「そうだ。それがわかったら、これでも食らえ！」
ナッシー天使、若者「そ、そ、それはー。梨じゃないですか」

そこに、全ての天使が集まり、二人の口に梨を無理矢理つっ込む。

ナッシー天使、若者「そんな、むごいことは、おやめください！」
お釈迦さま「まだまだ、救済と進化の旅は、始まったばかりだ。進んでは無になり、進んでは無になる、『ナッシー』の修業の始まりじゃー」

ナッシー天使、若者「お、お、おやめくだされ」

お釈迦さまと全ての天使は、二人の口に梨をつっ込み続ける。

その時、天から聞こえる音楽があった。エヴァンゲリオンの、「残酷な天使のテーゼ」

であった。

仲人

ここは、新春賑わうホテルオークラの、三階貴賓室。和室に格調あるテーブルを据え、今からお見合いが始まろうとしている。

品の良い仲人が、まずお見合い女性のことを紹介した。

「この山本花子さんは、美人で性格も良く、家事全般、なんでもこなされます」

女性は謙遜して答えた。

「いえいえ、滅相もない。そんなことありません」

仲人は、次にお見合い相手の男性のことを、徐に紹介した。

「この……、木下実さんは東大卒で、性格が良くて皆から愛され、男らしいガッツがおありです」

お見合い男性は、照れながら答えた。

「いえいえ、滅相もない。そんなことありません」

仲人は、さらに言葉を添えた。

「実は山本さんは、木下さんのことを、大変気に入っておられます」

山本花子は、恥ずかしそうに答えた。

「いえいえ、滅相もない。そんなことありません」

仲人は、さらに大きな声で言った。

「そ、そして、この木下実さんは、山本花子さんのことを、大変気に入っておられます！」

木下実は、顔を真っ赤にして答えた。

「いえいえ、滅相もない。そんなことありません」

それで、結局、この縁談は成立しなかった。

そこで、翌日同じ場所で、もう一度お見合いすることになった。

今度は、仲人が懇願して、彼の祖父に仲人になってもらった。その仲人は、複雑な笑顔をシワシワにして、口をとんがらせて言った。

「こ、こ、この頃の……。若いもんは、けしからん。この忙しい、世知辛い世の中で、バカ面さげて見合いなどしよって。日本刀で、乳首や金玉ぶった切るぞ。それでもいいのか、あーん！」

二人は恐れおののき、口を揃えて言った。

「いえいえ、滅相もない。そんなことありません」

じいさん仲人は、老人性のシミが点々とする額を、徐にこすって言った。

「この、山本花子という女は、最低の女でなあ……。ブスで性格が悪く、家のことは何にもできん。その上、化粧は、毎日三時間かけてやる。三時間かけても、この様だ。お前は、風俗嬢みたいな化粧して、この年寄を挑発する気か！」

山本花子は、震えながら答えた。

「いえいえ、滅相もない。そんなことありません」

じいさん仲人は、風化した老人性入れ歯をガタつかせ、入れ歯を何度か飛ばしながら、モゴモゴ言った。

「こ、こ、この木下実は、子供の頃からバカでなあ。け、結局、東大泉大学を卒業したんだ。それで……、皆から嫌われ、女々しい根性の持ち主なんだ。お前、本当はオカマなんだろう！」

木下実は、ドギマギして答えた。

「いえいえ、滅相もない。そんなことありません」

じいさん仲人は、こめかみに血管を浮き立て、早口で言った。

「そ、それに、この山本花子は、木下実が大嫌いなんだ。そうだろ？」

山本花子は、困りに困った顔で言った。

「いえいえ、滅相もない。そんなことありません」

この言葉に激昂（げっこう）し、じいさん仲人は、唾飛（つば）ばしながら言った。

「そ、そ、それに、この木下実は山本花子を憎み、夜な夜な藁（わら）人形に釘を打つほど嫌いなんだ。そ、そうだよな？」

木下実は、冷や汗を垂らしながら、焦って言った。

「いえいえ、滅相もない。そんなことありません」

山本花子と木下実は、初めて心が通じ合った。お互いを同情する、温かい瞳と瞳。じっと見つめ合っていた二人は、ポッと頬が赤くなった。

こうして、婚約が無事に成立し、二人は結婚することになった。

結婚式は、二人の故郷の八幡神社で挙げることにした。その式典の最中、二人はギョッとして、神主の顔を同時に見た。あの、じいさん仲人にそっくりだったからだ。

式典が終わった後、二人は神主に尋ねた。

「あの……、付かぬことをお伺いしますが……。神主さんは、私達を取り持った仲人さんですか。それとも……、あのおじいさん仲人のご兄弟ですか?」

神主は、怪訝な顔して言った。

「いえいえ、滅相もない。そんなことありません」

神主も、じいさん仲人も、絵馬に描かれた八幡神社の祭神の、笑顔にそっくりだったのである。

蟬

鬱蒼（うっそう）とした森の中に、不思議な男の子が居た。髪の毛がモジャモジャの男の子で、目がパッチリしている。飛んだり跳ねたりが大好きで、いつも木に登り、星を眺め、空を眺めている。

名前はププと言い、いつもプ、プッと笑う。森の木々や植物、動物の皆から愛され、ププを呼ぶ時は、皆はつい「プッ、プッ」と笑ってしまう。それほどププは、森の皆から愛されていた。

ある時、ププは森の北側にある大きな木の幹に、今まで見た事もない蟬を発見した。大きな蟬で、背中が平らになっている。胴体の色はオレンジで、目はピンク、羽根はブルーに透けている。ププは、興味深そうに蟬に近づき、蟬に向かって言った。

「君は、何ていう蟬なんだい？」

すると、蟬の目はピカッと光り、平らな背中がプルプル震えた。その震えが止まると、平らなオレンジ色の背中に、文字が現われた。

「蟬丸です」

「えっ？　なに？　蟬丸だって？」

ププはその漢字を見て、のけぞって驚いた。蟬の方も驚いた。こんな難しい漢字を、森で育った妖精のような少年が、読めるとは思わなかった。

「この漢字が読めるのか」

蟬の平らな背中に、また文字が現われた。ププはその文字を読み、プップーと笑って答えた。

「だって、おいらの父親は、宝生流の能楽師だもん。『蟬丸』ぐらいは知ってるよー。プップップー」

それを聞いた途端、蟬の全身は震えた。大きく大きく震え、ついに啼き始めた。

「ツクツク、ツクツク、ツクツク法師！　ツクヅクマイッター。オソレイッター！　法師、法師、ツクツク法師！　ツクヅクマイッター、蟬丸マイッター！」

するると、その啼き声に合わせて、透明なブルーの羽根は抜け落ちた。だが、小さな羽根が胴にくっつき、なんとか一枚だけ残っている。ププは、蝉がかわいそうになり、裸に近い平らな背中を見て、思わず涙を滲ませた。

大きな蝉の全身が、その涙に呼応するかのように震える。その震えが止まると、平らな胴体にまた文字が現われた。

「セミヌード」

ププはしばらく考え、どっと笑った。

「プッ、プッ、プププププー。プハー、プハー、プハハハハー。ハハハハハハー！」

すると蝉も、ププの笑い声に呼応するかのように、どっと笑った。

「プッ、プッ、プププププー。プハー、プハー、プハハハハー。ハハハハハハー」

この、少年と蝉の大きな笑い声は、森のすみずみまで響き渡った。

しばらくすると、あちらの樹木もプップップー。こちらの樹木もプ、プ、プハー。植物も石も、鳥もリスも、みんな一斉に笑い始めた。もう、誰にも止められない勢いで、森の中の生きとし生ける物が、笑い続けている。

その時、鬱蒼と茂るシダ類の陰で、いつも誇らしげにしてる笑い茸(きのこ)が、なんだかガックリしている。ションボリした顔で、笑い茸は話し始めた。

「ああ、もう。オレの出番はなくなった。悲しくなっても、この森に来れば、笑い茸を食べなくても、笑えることを知ったのだ……！」

それは、まさにその通りだった。森中に響く笑い声は、反響して益々大きくなってゆく。古来より、笑い茸で有名だったこの森も、森自体が笑いの森に変容したのである。

それは、新型ウイルスが人から人へと伝染する内に、ＤＮＡが変容するのと同じだ。森に充満する、蜜のような笑い声は森を変容させた。どんなに悲しい事、つらい事、不幸な事があっても、この森に一歩足を踏み入れると、全てが笑いに変わる。不幸という事を考えるだけで、腹の底から笑えるのである。

ププは、湧き返る森の笑い声の中で、それでも冷静に蟬を見ていた。そして、強くつぶやく声で、蟬にたずねた。

「この蟬は、一体何なんだい！　なんで、こんな不思議なことが起きるんだ？　おい、蟬よ、説明してくれ！」

すると、蟬はまた全身をブルブル震わせ、ピンクの目をピカピカ光らせた。背中から文字が現われる。ププは、訝(いぶか)しそうな目をして、背中の文字をまじまじと見た。

「セミナーしよう」

それを見て、ププは堪え切れずに笑った。

「ワハハハハー。ワッハッハッハッハー」

ププは、一秒も笑いが止まらなくなった。そして、笑えば笑うほど、それから身体が溶けて行った。

すると、不思議な森も溶け始めた。とうとう森は、笑い声と共に「笑気(しょうき)ガス」になってしまった。それでも、一匹だけ残った蟬は、最後に全身を震わせ、背中から文字を浮かべた。

「みんな正気か」

だが、笑う者は誰もなかった。淋しくなった蟬は、だんだん小さくなり、変色し始めた。透明で美しかったブルーの羽根は、茶色になり、目は灰色にくすむ。そして、あのオレンジの胴体は、真っ黒になってしまった。

笑気ガスの充満する空間に、一匹の茶羽根ゴキブリが動いている。そのガスを、スウッと吸い込んだ茶羽根ゴキブリは、だんだん全てがおかしくなり、腹をひっくり返して笑った。それから、蟬のまねをして啼いた。

「ツクツク法師。ツクツク帽子、どこ行った？　ツクヅクおかーし。ツクヅクおかーし。ツクヅクおかーし、おかーし！」

その時、地面に残ったププ少年の、一本の髪の毛がピクッと動いた。

地面

ここは、富士の裾野の空き地である。そこに、不思議な赤い夕陽が差し込み、金色の光彩を放っている。

「ぼくは地面の『地太郎』だ。君は?」

「私は、『雲真赤(くもまっか)』という雲です。父は……、箱根路の『雲助』でした。もう二百年前になりますが、くも膜下で倒れ、すでに他界しました。元々が雲でしたから、父が亡くなる時は、何のクモなかったようです」

「ああそう。それじゃ君は?」

「おいらは、風小僧。白山に吹く風が風邪を引き、『ハクシャン!』とクシャミした時、突然生まれた風です。風の旅をして、富士山麓までやって来たのです。名前は、『源(みなもと)よしつねろう』と言います。時々、皮膚を抓(つね)るような、痛い北風を吹かします。ところで、地太郎さんは、どんな由来の地面なんですか？」

風小僧は、地太郎の上をクルクル回り、時々北風となって、ビュービュー吹き荒れている。地太郎は、ちょっと生意気な風小僧の言葉に、カチンと来ていた。なぜなら、地太郎の先祖地面は、平家の落ち地面だったからだ。

その時、風小僧や雲の子の間を、「雨之助、雨太郎」という、雨兄弟が通り抜けた。地太郎は、泥々にされるのが嫌で、ちょっと文句を言った。

「おい、雨之助、雨太郎よ。秋雨がサッと降るぐらいなら、ぼくにとっては、潤いの雨だが……。どしゃ降りになると、泥々になり、人は迷惑そうに泥を避け、地面のぼくを嫌うんだ。人に嫌われる地面ほど、不幸なものはない。風も、雨も、雲も、人に愛されてこそ、生まれて来た意味がある」

地太郎は、人に愛される地面をめざし、地球創成期からここに居るのだ。大陸プレートが移動したり、環太平洋火山帯が爆発するなど、様々な試練を越え、ここでのどかな地面生活をしてるのだ。

地太郎の先祖は、平家が日本の荘園の多くを有してた頃、つまり、「平家にあらずんば、人にあらず」と言われた頃は、平家領の地面だった。そして、平家が滅んだ後も、先祖地面は滅ばなかった。もし滅んでいたら、日本は沈没していたはずだ。地太郎が、父や先祖を尊敬するのは、そういう忍耐と根気、力強さのある土地柄だった。

それでも、地太郎の身に、危機が襲ったこともあった。ある時、恐い顔した私服警察がやって来た。血だらけになって、よろよろ歩き、地太郎の上に倒れたのだ。「麻薬ジーメン」だった。地面の地太郎の上に、ジーメンが倒れるなんて……。地面史上、未だかつてなかったことだ。あの時、麻薬ジーメンが死んでいたら、地太郎は墓地か、殉職者のメモリアル地面になっていた所だ。幸い、麻薬ジーメンの命は助かったので、地太郎は、普通の空き地でいられるのだ。

地太郎は、今度はフレンドリーな顔で、雨之助・雨太郎に聞いた。

「ところで……、雨兄弟は、どんな仕事をしてるんだい」

すると、兄の雨之助が言った。

「ぼく達は、番傘の上に降って、クルクル傘を回すのが、先祖から受け継ぐ仕事です。しかし、最近はコウモリ傘や日傘もささず、コートの襟を立て、さっとタクシーに乗る人も多い。また、カッパを着て、商店街のアーケードに入る人も多いのです。だから……、傘回しをやるチャンスがない……」

雨之助・雨太郎は、淋しそうな顔をして、風小僧や雲の子に目をやった。風小僧も雲の子も、商店街のアーケードは嫌いだった。だから、雨兄弟の気持ちは、痛いようにわかった。地面の地太郎も、商店街は嫌いだ。多くの仲間が、商店街を作るために、アスファルトにされたからである。あの、ドロドロのアスファルトを、顔一杯にあびせられた、商店街の地面達。永遠に続く息苦しさや、アスファルトの冷たさを想うと、地太郎はゾッとするのだった。

「そら恐ろしい、世の中だ……！」

アスファルトやコンクリートの下に、永遠に封印された仲間を想うと、地太郎は胸をえぐられる思いだった。地太郎は、風小僧や雲の子、雨兄弟に向かって言った。

「君達はいいな。ずっと同じ場所じゃなく、自由に移動し、いろんな所へ旅できるもの……」

すると、くるくる旋回してた風小僧は言う。

「そうでもないよ。いつも旅するおいらは、地面のように、一カ所に定住したいと思うよ。どんなに旅疲れし、休もうと思っても、一秒も休めないのが風だよ。一日二十四時間、一年三百六十五日、働き続け、動き続けるのが宿命さ。それに……。台風や竜巻が来たら、絶対服従の手伝いをやらされるんだ。人間が嫌がる家屋の倒壊、犬小屋、鳥小屋の破壊も、命令でやらされるんだ。台風や竜巻は、ほんとにいやなやつらだ。専制君主で、暴君なんだ。風一族の楽しみといえば、暴風になって荒れる時、女性のスカートを捲（まく）り上げ、勝手に遊んでいいことだ。マリリン・モンローの、あの白いスカートを捲り上げた風は、ほんとに幸せだったそうだ。日刊風新聞に、インタビュー記事が出てたもんね」

風小僧の話を聞き、雨兄弟は憤慨した。兄の雨之助が言う。

「それは……、風だけじゃない！　ぼくたち雨も、まったく同じなんだ。あの台風や竜巻、さらに豪雨や嵐が来た時は、番傘遊びはできやしない。それどころか、局地豪雨や横なぐりの雨、川の氾濫（はんらん）や洪水など、あらゆる暴君の暴挙に、手を貸さなきゃならないんだ。辛いよー、ほんと。ああ、その時、人間にどれだけ憎まれることか。いやはやまったく……。大好きな人間を敵に回してでも、暴君に絶対的に服従し、命令通り動かないといけない。その点、地面はいいな。人間に憎まれるのを承知で、暴君に従わなくてもいいんだもの。地面の方がよほど自由で、民主的な生涯を送るんじゃないの」

それを聞いて、雲の子も言った。

「そうだよ、そう。ぼくも、本来は白い雲だけど、台風や竜巻が来た時は、無理矢理黒雲にさせられる。そして、悪魔のように、黒くて恐い顔にさせられるんだ。その点、地面は、ずっと同じ顔で居られるじゃないか。人間が恐れる顔や姿になれと、暴君に強制されることもない……」

地太郎は、ため息まじりに言った。

「そうだったのか。皆の苦労も知らず、ぼくは、自然という世間を知らな過ぎた。暴君に絶対服従し、人間に嫌われることを否応なくやらされる、風や雨や雲のことを、ぼくは考えた事なかった。ああ、ぼくは……、地球創成以来、何十億年も皆がうらやましくてならなかった。皆には、どこへでも好きな所へ移動でき、旅をする自由がある。同じ先天の気から生まれた、地球同胞なのに、ぼくだけが自由のない、自主的に動けない地面になるなんて……。ずっと、造物主に文句を言ってたんだ。何年も何年も、何億年も泣きながら……」

「えー、そうだったのかい！」

風小僧にも雲の子にも雨兄弟にも、地太郎の言葉は意外だった。風小僧は言った。

「そんなことないよ。地太郎君。人間は、適度な風や雨や雲はめでるけど、度が過ぎると憎むんだ。しかし、人間の地面に対する思いは、特別だよ。ぼくらは、それを見て、何十万年も羨ましかったんだ。人間は、ある地面を気に入ると、丁寧に耕し、野菜を栽培し、果物の木を植え、植樹や植林をする。そして、地面からの収穫を喜び、収穫を与えた地面を、大地の母として感謝するじゃないか。農民は、どんな自然よりも、地面を愛するんだ。また一般人は、地面に花壇を作り、花を植える。そして、いつも花壇を褒めたたえるだろう。しかも、四季折々違った褒め方で……。地面だけが、人間に世話をされ、水や肥料を与えられ、日当たりまで心配してくれる。手間ひまかけて、子供を育てるように、あふれる愛を注ぐじゃないか。だけど……、風や雲や雨は、人間に世話されることもない。だから、家族でも、友人でもないんだ。ただ、詩人や画家だけが、良き友として愛してくれる。音楽家は、めったに愛してくれないけどね……。それにしても、腹立つのは、気象庁の『お天気ねえさん』だ。ぼく達のことを、ＣＩＡや公安のように、毎日つけ回すんだ。そして、こっそり行動を調べ、皆にバラしてしまう。自然界の神秘を、即物的なデーターとして扱うんだ。腹が立つから、皆で協力して、なるべく当たらないようにしてるんだ」

雲の子も同調する。

「そうだよ。ぼくなんか……、女の子雲とデートして、キスする所を何回写真で公開されたことか。恥ずかしくて恥ずかしくて……。その腹いせに、いつも、予測不可能な雲の動きをしてやるんだ。それで、自然は人間の予想できない、神秘的な存在だってことを、思い知らせてやるのさ。昔は、ぼくらはもっと神秘的な存在だった。神に祈り、インディアンは天気を予測した。また、葉っぱのしめり具合や、動物、昆虫の微妙な動きで、人々は自然の変化をキャッチしたんだ。それで、天気予測もしたが、驚くほど正確だった。実は、ぼくらはそんな、自然を愛するインディアンや、昔の人々のため、たとえはずれた天気予測でも、なんとか当たるよう、皆で協力してたんだ。現代人でもそうだよ。たとえば、神経痛やリューマチ、また古傷の痛み具合で、明日の天気を予感したりする。それも、なるべく当たるよう、皆で協力してるんだ」

「そうだ、そうだ。昔はもっともっと、ぼくらは神秘的な存在だったんだ」

風小僧や雨兄弟も、口を揃えて同調した。地太郎は、ポカンとなって、その言葉を聞いていた。雨兄弟の、弟の雨太郎が言った。

「その点、地面はいいよ。人間が唯一手をかけ、世話をし、野菜、果物、花を植え、植物を育てる命の母として、尊ぶだろう。バクテリアが共生する地面を、今なお神秘の存在として敬ってる。ぼく達にとっては、そこが人類が誕生し、文明が栄えてから、羨ましいと思う所なんだ」

地太郎は言った。

「でも……、地球には……、人間に愛されない砂漠やシベリア凍土、グランドキャニオンのような、人の来ない秘境もあるよ……」

その時、風小僧は言った。

「そんなことないよ。砂漠はラクダに乗った人々が愛し、シベリア凍土も不毛の大地も、マンモスや石油、天然ガスが発見されてから、人々は急に愛し始めたよ。そして、どんな荒れた地面でも、その下には、人類に有用な鉱物や水を隠してる。時間が経てば、全ての地面を愛するようになるさ。ぼくなんか、風力発電のエネルギー源として、ちょっと愛されるぐらいだよ」

「いや、ほんとうにそうだ。本当にそうだ！」

雨兄弟も雲の子も、声をそろえて同調した。地太郎は、意外な顔して言った。

「ええ……。そうだったのか……。ぼくはてっきり……。皆は、いつも楽しそうで、優越感にひたり、さげすむように地面を眺めてると思ってた。そして、風は気ままに遊び、雲は思いのまま形を作り、雨は意地悪く降ったり、時々、うるおいの雨を降らすのかと思ってた。それは、ぼくの思い過ごしだったんだ……。それはそうと、ほんとに詩人や画家はすごいね。グランドキャニオンやシベリア凍土のような、恐くて荒れた地面でも、たとえ不毛の砂漠やツンドラ地帯でも、かえってそれに芸術的感興（かんきょう）を覚え、こよなく愛してくれる。その愛を詩に詠み、絵に描き、作品として残してくれる。皆が尊ぶ、農作物や花、木を植える地面じゃなくても、詩人や画家は愛してくれる。時々、グリークやシベリウスのような音楽家も、愛してくれるけど……。それでも、詩人や画家ほどじゃない。しかし……」

地太郎の顔は、突然、悲痛に歪んだように曇った。

「『しかし……』と言うと……」

雨兄弟と風小僧、雲の子は、口を揃えてたずねた。地太郎は、目に一杯涙をため、口を震わせて言った。

「商店街や、ビルの下敷きになってる地面のことは、詩人や画家も愛してくれない。また、農夫も庭作りが趣味の人も、誰も、誰も愛してくれない！　本当に、本当にかわいそうだ。時々、そんな地面仲間を思い出すのは、愛よりも人の欲によってだ。一坪いくらになるか、計算する時だけ思い出すんだ。坪単価が上がると喜び、下がるとガッカリする、まるで、品物のように扱われるんだ。持ち主は、地球であるはずの地面を、人間が勝手に所有してるだけなのに……。本当の、地面の所有者は地球なんだ。神様なら……、地球を修理固成（つくりかためな）した国常立大神（くにとこたちのおおかみ）、そして、その全てを調和させる、総合芸術の神素戔嗚尊（すさのおのみこと）様のものだ。ギリシャなら大地の神ヘラ、エジプトならゲブ様のものなのに

……。それでも、人間が愛してくれれば、神々も納得し、喜ばれるはずなのに……。あ
あ、ああ……。商店街やビルの地面、また高速道路の地面は、かわいそうだ。本当にか
わいそうだ。人間の愛を受けられないなんて……、あんまりだ。ワアーン、ワアーン！
ワワアーン！」
地太郎は、かわいそうな仲間の地面のことを想い、ワンワン、ワンワン泣き出した。
すると、涙の水が地面から湧き出て、泉ができた。初めは、少しずつにじみ出た泉だ
ったが、あまりにも地太郎の悲しみが大きかったので、滾々(こんこん)と湧き出る、豊かな泉にな
ったのだ。
すると、地太郎の悲しみを肌で感じた雨兄弟も、もらい泣きした。それが、秋の激し
い通り雨となった。また、地太郎が泉になった上空の雲は、夕陽の赤い光に映え、美し
い雲、まっ赤な空になった。風小僧は、心が通じ合った地面が、泉になった周辺を泣き
ながら旋回する。
「ピヒー、ピヒー、ピュ、ピヒー……」
その泉の水は、甘いけれど、少し涙の塩味がした。まるで、六甲山の伏流水と海水が、

適度に混じった宮水のようだった。酒造りの、仕込み水にもできる、不思議なうまさのある水だった。

やがて、その独特な味のする泉は、人々の評判となり、天下の名水と言われるようになった。それだけではない。その泉の水を飲めば、病気が治るという評判が立ち、世界中の病人が集まるようになった。

やがて人々は、その泉の水を、「富士霊泉の神水」と呼ぶようになる。茶人やコーヒー、紅茶通が集い、行列のできる名水とも言われた。そして、この水を飲んで病気が治ったクリスチャンは、感謝してマリア像を建立した。仏教徒は、薬師如来像を建立したのである。

この泉は、やがて人間に愛されることを望んだ、あの地面と風と雲と雨が、毎日出会う風水の霊地となった。だから、このあたりの紅葉は、どこよりも鮮やかで美しい。また、松の緑は、心ときめく深緑色だ。そして、いろいろなワイルドフラワーが、泉の周辺に咲きほこり、見事な自然花壇のようになった。

だから、ここには、詩人や画家や写真家が、世界中から集ったのである。音楽家も、時々立ち寄ることがある。ここに来れば、フィレンツェに行ったモーツァルトやチャイコフスキー、またレオナルドダヴィンチやミケランジェロのように、必ずインスピレーションが授かると云う。また水不足の時は、全国から農業や牧畜に従事する人が来て、マリア像や薬師如来像に祈り、神道式の雨請い儀式をやった。すると、京都の神泉苑のように、必ず霊験があって、雨が降ったのだ。

こうして、この泉を湛える地面の地太郎、そこに住む風小僧、その上空の雲の子、雨請いを助ける雨兄弟は、永遠の友となった。そして、どこの地面よりも、どこの雨、風、雲よりも、人々に愛されたのであった。

春が来た

大阪に春がやってきて、冬に文句を言った。

「おい。いつまでグズグズして、庭の木や桜の根元で、モタモタしてるんや。大阪の春は、せっかちなんや。お前みたいな寒いやつが、この庭でモタモタされると、わしの出番が遅れるがな」

冬は寒そうに、困った顔で言った。

「そんなに言うなよ。寒いと、どうしても動作が鈍くなるんだ。今行くから、ちょっと待ってくれよ」

「早よ行け！　このあほ！」

動作ののろい、ホームレスの老人を追い立てるように、春はせっかちに言った。

「まてよ、その声は……。どこかで、一度聞いたことがあるな……。あれは確か……。

確か……」

冬は、庭先の椿の枝に腰をおろし、椿の花をいじくりながら、小さくつぶやいた。それを見ていた春は、チェッと言いながら、早口でまくし立てた。

「何をブツブツ言ってるのや。わしは忙しいのや。大阪の造幣局や京都の円山公園、それに、夙川（しゅくがわ）の桜並木。あのあたりの春に、わしは負けたくないんや。桜ちゅうもんは、咲くタイミングが大事なんや。土、日に一斉にパァーと満開にならんと、誰も見てくれへん。火曜の夜に満開になっても、誰が見るねん。見るのは、ガードマンかパトロールの警官ぐらいや。

土、日の昼に満開になってこそ、『わあ、桜が満開だ。きれいだねえ。見事だ。今年も、ついに春が来たんだなあ……』『そうね、あなた』『君……、この満開の桜の、溶けそうないい香りにつつまれて、二人の、将来の愛を約束するキ、キ、キスをして……。ぼ、ぼくの胸に抱かれて、溶けてみないか』なんちゃって。わしが期待する、キーワードを言ってくれて、ええシーンも見れるんや。

わしは、この庭の桜を、明日の土曜に咲かせ、日曜日の午前中に、万博公園の桜を満

開にするんや。せやから、忙しいのや。おい、わかってるのか。タイミングを逃したら、

『ああ、今年も春が来たんだなあ』を、言うてくれへんやろ。

春も夏も、いつの間にか来て、いつの間にか去るものや。秋も冬もそうや。しかし、
しかしやなあ……。秋は落葉、冬は雪、夏は海辺、そして、春は……、桜なんじゃ。

人々が、その季節を実感するには、季節の象徴が要るのや。

清少納言のおばはんは、『春は、あけぼの』なんて言いくさって、缶詰やないのや！

あけぼのなんか、春夏秋冬、いつでもあるがな。春にしかないものは、桜や、桜なん
や！　おい、冬のじいさん。お前、わかってるのか？」

自分の言葉に興奮して、春は、冬を庭の隅に追い詰めた。

「ええっと、確か……。ええっと。この声は……」

冬は、まだブツブツつぶやいている。

「まだ、ブツブツ言ってるのか。このあほの冬。ボケの冬め」

「そうだ！」

突然、冬は大きな声で叫んだ。

「この声は……。たしか、ぼくが以前大阪で、凍えそうな木枯らしになって、外套の襟に雪を降らせ、人生の悲哀を思い知らせた男、桂春団治の声だ。それに、違いない。間違いない！」

「え、え……！　え、え、え、え……！　な、なんでそれがわかったんだ。なんで……？」

春は、腰を抜かして、桜の根元に座り込んだ。

「そ、その通りだよ。冬のおっさん。わしは……。春団治が、いろいろな恋人を花見に連れて行き、そこで面白い話をするのを聞いて、関西弁がうつったのや。春団治ほど、花見で春を褒めてくれた人はおらんかった。その昔には、豊臣秀吉が、桜の茶会でいつも褒めてくれた。まあ、それぐらいやね。春を褒めてくれる人など、そんなにいるもんじゃない。でも……。桜が満開の、日曜の昼さがりには、何人かが褒めてくれるんや。わしは、わしは、そ、そのために……、そのために……」

と言いながら、春は、泣き出してしまった。

すると、冬は優しく春に近づき、温かみのある声で言った。

「わかった、わかった、わかったよ。もう、泣かないで下さい。長い冬を経て、ようやくやってきた春だもの。人間に、褒めてもらいたい気持ちは、よくよくわかります。ぼくなんか、冬山のゲレンデで、北海道のニセコに負けない、見事なスノーパウダーを降らした時だけ、オーストラリアのスキーヤーが、『ニホンノフユハ、スバラシイデス』と、言ってくれるぐらいです。だから、いつも欧米人がたくさん来るスキー場に行って、必死で粉雪を降らしてるんです。

地球の温暖化によって、冬の私も、年々やばくなってきてます。粉雪を降らしたつもりでも、ちょっと気を緩めると、ベチャベチャの雪になってるんです。だから、毎日が真剣勝負ですよ。お年寄りなどは、ちょっと暖冬が続いたり、雪が降らないと、もう、大変な騒ぎです。

『ああ、ほんとうに情けない。昔の冬とはぜんぜん違うじゃないか。こんなのは、冬じゃない。晩秋と、ちっとも変わらない。これは冬じゃない、秋じゃよ！　ちぇっ！　いったい、どうなってるんだい。まったく、世の中どこか間違ってるよ』

とボヤキます。まるで、すべてが、冬のぼくの責任のように言うのです」

「そら、おかしい。そりゃ、あんたのせいやあらへん。あんたは、まじめに、一生懸命やってるがな。あんたも……、苦労してるんやね。悪いのは、みんな人間やないか。わしらは、いつも、人間のために頑張ってるのに、人間が、わしらを苦しめるんや。

わしら春も、昔は五月の末まで、いつも『春やどおー』と言いながら、肩で風切って、ブイブイならしたもんや。ところが、最近は違う。自分は春のつもりで、商店街のコンビニを通り過ぎると、アベックが『ねえ、あなた。もう夏だわね。今年の夏は、どこ行く?』『そうだね、グアムでも行こうか』なんて言うのや。違うやろ。それは、六月に言う台詞やないか。今は、五月や。春の終わりやろー。季節感が、恋に浮かれて狂ってるがな。

と思って興奮してると、自分のほっぺが赤くなり、いつの間にか、初夏になってるのや。もう、偉そうに、春のゴールデンウィークとは言えなくなった。初夏のゴールデンウィークになったのや。何年かしたら、真夏のゴールデンウィークになるかも知れん。冬の次に、すぐに夏が来たら、春としてのわしは、自己実現できなくなるやないか。どうしてくれるねん。責任者、出てこーい! 出てこーい!」

「まあ、まあ、春さん。そんなに興奮しないで、身体に毒ですよ……」

と、言いながら、冬は笑い続けた。

すると、冬は言葉も温かく、心も温かく、姿も暖かくなった。それで、いつの間にか、春になってしまったのである。しかし、冬の声だけが、暖かくなっても聞こえて来る。

「春よ、春さん。これで、庭の桜は咲きますね。遅れないように、明日は、万博公園の桜を、満開にさせてくださいね。来年の今頃、またこの庭でお会いしましょう。さようなら、さようなら」

その声を聞いて、春は泣いた。泣き続けた。その涙が、しとしとする春雨となり、庭の草花や木々を潤した。しばらくすると、強い日射しが庭に差し込み、庭の桜は一斉に開き始め、たちどころに満開になった。さあ、明日は、万博公園の桜だ。忙しそうに、春は庭から飛んで行った。

アレー人

鉄アレーのような身体を引きずって、必死でドアーを開けると、そこにアレー人が居た。

アレー人の言葉は少ない。ほとんどが、「アレー」で済まされる。

例えばこうだ。

「何か、食べたいものはあるか」と聞くと、「アレー」と答える。

それで、指差す方にあるパンを与えると、「アレー?」と言う。

「違うのか。じゃ、何が欲しいんだ」と聞くと、また「アレー」と指差す。

それで、今度はおにぎりを取ってやると、また「アレー?」と言いつつ、うれしそうに食べる。

会話の九割は、「アレー」なのである。なる程、このアレー人が近づいて来たから、僕の身体は、鉄アレーのようになったのだ。

アレー人の念力は、なんとすごい。

アレー人に多い病気は、「肌アレー」である。

どうりで、初めて会った時の顔に、マダラの縞があったはずだ。見てる僕も、「アレ、アレー?」と思ってしまう。

あれは、肌アレーだったのだ。

それにしても、アレー人とは、何人(なにじん)から別れた民族なのか。

アレー人に尋ねてみると、世界地図に向かい、「アレー」と指差す。それは、「マレー半島」だった。なんだ、アレー人は、マレー人の子孫だったのか。アレー人は、本来マレー語を話すのかも知れない。

それで、僕は「アレー人は、マレー語を話すのか」と聞くと、アレー人は、「マレー」と答えた。

時々しか話さないのか。それにしても、アレー人は「アレー」以外にも、「マレー」が言えるのだ。さすが、マレー人の子孫だけはある。

そこで、僕はアレー人に尋ねた。

「君は、『アレー』と『マレー』以外に、どんな言葉が話せるんだい」

すると、アレー人は首をかしげ、「アレー?」と言いながら、困った顔をした。それでも、僕はかまわず、しつこく尋ね続けた。すると、アレー人は興奮した顔になり、肌アレーがひどくなった。さらに問い続けると、大きな口を開け、怒鳴るように言った。

「アアアー、レレー!」

僕は、それを聞くと、なんだかおかしくなった。

「♪アレ、鈴虫が鳴いている。チンチロ、チンチロ、チンチロリー」

すると、アレー人も歌った。

「♪アーレルヤ、アーレルヤ、アレルヤ、アレルヤ、アレエールヤー」

「それを言うなら、ハーレルヤ、ハーレルヤだろう」と僕が言うと、アレー人は、またもや「アレー?」と首をかしげた。

そこで、僕はまた歌った。

「♪アレーは誰だっ、誰だっ、誰だっ。アレーは、デビル、デビルマン」

すると、アレー人も歌った。

「デビルマーン！」

「お前、知ってんじゃん、アニメの主題歌。歌なら歌えるじゃないか。いつも、歌ってんのかーい？」

「マレー」

「マレーでもいいよ、言葉は出なくても、歌なら少しは歌えるんだろ。ほかに、どんな歌が歌えるんだ」

「アレー」

「アレーじゃわからんよ」

「アレー、アレー」

「ああ、アレかー。『アレは三年前、止める、アナタ、駅に残しー、動きはじめた汽車にー、ひとり飛び乗ったー』」

「マレ、マレー」

「そうだ、そんな危険乗車する人は、マレだもんね」

妙にわかった気がして、僕が頷いてると、アレー人は、テレビに向かって指差した。

「アレ、アレ、アレ、アレー」

しつこくせがむので、僕はテレビのスイッチを入れた。

すると、プロレスの実況中継をやっていた。

それを見たアレー人は、異常に興奮して、「アレ、アレ」を連発している。そうか。プロレスをやりたいんだな。

僕も、プロレスが大好きなので、アレー人に技を仕掛けた。

ところが、アレー人の素早い動きにかわされ、逆に僕がタックルされた。アレー人の強い事、強い事。ボディースラム、バックドロップ、人間風車、ブレーンバスター、さば折り。プロレス技を次々に繰り広げ、だんだん凶暴になってくる。

ついには、雄叫びを上げ、なぐりかかって来た。

「アッレー！　アッレー！　マッレー！　マッレー！」

もう、手の施しようがなくなり、僕は逃げた。

その時に、僕はアレー人の正体を知った。

アレー人とは、「荒れー人」だったのである。そして、「マレー」とは、「マットレス」の事だった。

すなわち、あの、肌アレのひどいアレー人は、マレー半島から来た、プロレスラーだったのである。試合中に、脳震盪を起こし、少し記憶が薄れ、言語障害になっていたのである。

それにしても、ぼくはアザだらけになったが、一人のマレー人を蘇らせ、救うことができた。こんな事は、非常にマレーな事である。一人の日本人として、大変ホマーレーに思う次第である。

南極物語

私は、南極へ飛んで行き、ペンギンに会った。

ペンギンは歌っていた。私は、それをじっと聞いていた。

ペンギンは、突然歌をやめ、私に耳打ちした。

「ナンキョク歌った？」

私は、ペンギンの耳に唇をあて、小声で言った。

「そんなことより、君の電話は、ナンキョク？」

「まあ、すてき。そんな事、聞かれるなんて……」

ペンギンは喜び、うれしそうに氷の上で踊った。

私は、ペンギンが好きになった。ペンギンも、私が好きになった。二人は、氷の上で仲良く踊り、南極に夏祭りのない事を、心から淋しがった。

「でも……、温暖化が進めば、そのうちなんとか……」

私とペンギンは、チークダンスを踊り、胸元を弄り合った。ペンギンの胸は、ツルツルだった。私の胸は、けっこう豊満だ。寒い南極で、シリコンが固まるのが心配だったが、ペンギンが揉みほぐしてくれた。

二人の前途は、どうなるのか。地球の温暖化は、どうなるのか。

私とペンギンは、流氷を見ながら手をつないだ。それから声を揃え、二人で天に向かって吠えた。

「ナンキョクを打破しよう！」

私とペンギンは、キスしたまま、じっと動かなかった。風がビュービュー吹き、雪煙が立ちこめる。

二人は、そのまま氷になった。蔵王スキー場の、樹氷のように。

それから、三万年の歳月が流れた。

ある時、シベリア凍土から、凍結したナウマン象が発見された。その直後に、二人の樹氷は発見された。不思議なことに、二人がキスする唇周辺は、氷の溶けた形跡があった。それほど、熱いキスだったのだ。愛を固く誓った二人は、永遠の「アイス」になったのである。

へそ

暗闇の中から、突然男が現れ、ヘソを出して言った。

男「ど、ど、どうしよう。どうしよう」

その時、闇から女が現れ、変な顔をして言った。

女「その……。おへそは……。何なんですか?」
男「ど、ど、ど……。ど、ど、ど……。ど、ど、どうしよう」
女「だから……。そのおへそは、何なんですか……。一体?」
男「ど、ど、ど……。ど、ど、ど……。どうしよーう。どうしよーう。へそが……。あああーー」
女「そ、その……。ど、ど、どー。ど、ど、どー。と言うのは、何ですかあー。そして、そのおへそは……」
男「ああ……。これ……。へそが……、へそが……、へそがね……」
女「それで……。へそがどうしたのよ……」
男「へそが……。へそを曲げたんだよ……」
女「なに！ へそが、へそを曲げたあ！ そ、そ、そんな事が、あるんですかああ？」
男「へいー、そうです。へそが……、へそを曲げたんです……」

その時、女が男のへそを触ると、突然、妙な奇声を上げた。
「キエー！ ほ、ほんとうだ。このおへそー、曲がってるー！」

ややあって、また別の男が、へそを出して闇から現れた。

別の男「た、た、た……。たた、大変だあ……。大変だあ……」

すると、そこに、また別な女が現れ、笑いながら言った。

別な女「な、な、何なんですか。へそなんか出して……。それに、大変って、何が大変なんですか」

別な男「そ、そ、それが……、た、た、大変なんだ……。とにかく、大変なんだ、ど、ど、どうしよう。どうしよう」

別な女「な、何がそんなに大変でー。そ、そのへそは……。何なんですかあ……」

別な男「そ、それがねー。君ー。た、大変なんだー」

別な女「だ、だからー。何が大変なんですか……」

別な男「そ、それがねー。へ、へそがねー。ちゃ、ちゃ、茶を沸かしてるんだよー。ど、どうしよう」

別な女「へ、へそが茶を沸かすー？　そ、そんなことがあるんですかあ……。本当にいいい？」
別な男「ほ、ほ、本当だよー。ほら、触ってみろよ……」
　と言うと、その男は女の手を持って、自分のへそを触らせた。
別な女「あ、ち、ち、ち、ちー。ほ、ほんとだー。おへそが、やけどしそうなぐらい熱い。ど、どうしたんですか。そのおへそー」
別な男「わ、わからないよー。そ、そんなことー。わかるわけないだろう。そんな事がわかるぐらいなら、へそが茶を沸かすよ」
別な女「あの……。すでに……。それで悩んでるんじゃないですかあ」
別な男「ええ？　ああー。そ、それもそうだねえ……」
　二組の男女は、へそが曲がったり、へそが茶を沸かすなど、へそ繋がりで仲良くなり、自然な成り行きで、へそダンスを踊る事になった。

しばらく踊り続けた後、四人はお互いを見つめ、不思議そうな顔をして言った。

男「ところで……。私のへそは、なんでへそを曲げたんですかねー」

別な男「それを言うなら、私こそ、何でへそが茶を沸かしたんですかね……」

女「何か……。心当たりはないの？」

別な女「そうよ。何かあるはずよ。こんな怪奇現象が、同時に起きるなんて、何かあるわよ」

男「そう言われても、特にないなー」

別な男「わしもー。特には……」

女「ね、ね、あなたたち。同じ頃に、ＵＦＯを見たとか。宇宙人に攫（さら）われたとか、してないのー」

男「いやー、別にー」

別な男「わしもー、別にー」

別な女「じゃ、じゃ。同じ頃に、怪しい森に行ったとか。変なキノコを食べたとか、してないかしら？」
男「いや、別に……」
別な男「わしも、別に……」

　その時、不思議な顔をした、妙な老人が現れて言った。

老人「君たちは、まだ何も知らないとみえる……。ホ、ホ、ホ、ホ、ホー。これは、これは。お気の毒な事で……。ホ、ホ、ホ、ホ、ホー」
女「あ、あなたは。一体、誰なんですか。その不敵な笑いは、な、何なんですか」
別な女「そ、そうよ。不気味（ぶきみ）だわー。老けてるわー。ジジイーだわー。ハゲてるわー。腰が曲がってるわー。老人性の加齢臭も、臭いわー。わークサ、クサ、クサー」

　と言いながら、その女は、鼻をつまみながら、クサ、クサ、クサ踊りを始めた。すると、あとの三人も、つられて鼻をつまみ、クサクサ踊りに加わった。（ここで踊る）

しばらく踊りに興じてると、知らないうちに、その老人もクサクサ踊りに加わっている。

老人「クサ、クサ、クサクサー。あー、それそれ。クサ、クサ、クサクサー」

四人「あのねー。臭いのは、あんたのことだからねー」

老人「クサ、クサ、クサクサー。え、え、私の事ですかー。それはどうも……。ありがとうございます」

女「ね、ね。おじいさん。あんなにボロクソに言われたのに、よく平気でいられるね。感心するよ。一体どうしてなの」

老人「そ、それはじゃなあ、わしのこれを見ろ！」

と言うやいなや、老人は服をめくり、おなかを突き出した。すると、おへそのあたりに、星が輝いていた。

老人「フ、フ、フ、フ、フ。どうだ、見たか。わしのへそは、星なんだ。へーその心構えが、星なのだ。へーその行いも、星なのだ。つまり、へーそから、腹ができてるので、星のように輝き、少々の事では怒らないのだ。わかったか。へそが、へそを曲げたり、茶を沸かしたぐらいで、モタモタ、オタオタするな。わしから見れば、全てはへーその自分が、如実に現れてるだけだ。わかったか」

男「あの……。つかぬ事を伺いますが、そもそも、私のへそは、なんでへそを曲げたのでしょう。ご存知ですか？」

別な男「そ、そうです。わたしのへそも、なんで茶を沸かしたのですか。ご存知なのでしょう」

老人「ああ、知ってますよ。聞きたいですかなー」

四人「お願いします。教えて下さーい」

老人「ホ、ホ、ホ、ホ、ホー。そんなに知りたいのなら、一人一万円と言いたい所だが、ただで教えてやろう」

四人「え、え、えー」

老人「あのなー。君たち二人の男性は、地球のへそで暮らすから、へそが感応したのじゃよ。それで、へーその自分が、へそに現れたのじゃ」
二人の男性「と言うと……」
老人「つまり、君はへーそから、へそ曲がりな事ばかり言い、へそ曲がりな振る舞いをしてるからじゃ。そして君は、へーそからへそが茶を沸かすような、愚かな行いや、ドジを繰り返すからじゃ」
二人の男「へーそーか。なるへそ」
二人の女「あのさー。その地球のへそってー。どこなのよー」
老人「フ、フ、フ、フー。それはー、ホ、ホ、ホ、ホ、ホー。西荻窪じゃー」
四人「へーそー。西荻窪。なんでー」
二人の女「じゃ、私たちは、高円寺や吉祥寺に住むから、へそに異常がないわけー」
老人「へー、そーいうことでー」
四人「なんで、西荻窪に、地球のへそがあるんですかー?」
老人「それはなー。昔は京都のへそが、六角堂のあたりにあり、そこに親鸞上人が、百日間お籠もりしたのじゃ。そして九十七日目に、聖徳太子の霊が示現し、親鸞の一生の指針を与えたのじゃ。それが、今は西荻窪に移ったのじゃ」
男「そ、それじゃ。西荻窪で百日間籠もって祈ると、一生の指針が出ますか?」
老人「へそを、まっ直ぐにすれば、まあ叶うじゃろうな」
別な男「じゃ、私もへそが茶を沸かさず、まじめに、冷静に生きれば叶いますか」
老人「まあ、叶うじゃろうな」
二人の女「それじゃ、私たちも、西荻窪でお籠もりすれば……」
老人「まあ、お籠もりは昔の事じゃから……。今は……、ずっと祈るだけでも……」
女「でも……。そもそも、なんで西荻窪なんですか?」
老人「それは……。わしが……、ずっと住んでいたからじゃ……」
別な女「えっ。と言うと、おじいさんは……」
男「そう、だいいち、おじいさんのへそは、なんで星なんですか……」
別の男「そ、そうだよ……。そこが変だよ」
老人「それは……。わしが……、西荻窪に住む前に、ずっと宇宙のへそに住んでいたからじゃ」
四人「え、えー。宇宙のへそー。そんなのあるのー」
老人「へーそうです。あるんです」
四人「どこですかー。それってー」
老人「ホ、ホ、ホ、ホー。北極星だよー。その前は、カシオペア星座やアンドロメダ星雲、スバルにも居たなー。宇宙のへそは、時代、時代によって移るので、わしも忙しいのじゃよ。それで、それが曲がったり、ビッグバンで茶を沸かしたりするので、なだめるのが大変なんじゃ」
男「おじいさんは、一体何なんですか」
別な男「神様ですか」
女「仙人なんですか」
別な男「宇宙人ですか」
老人「わしか。わしは……。これじゃよ……」

と言いながら、老人は服をめくり上げ、腹を出した。すると、おへその星から、光が四方に広がり、その光が当たると、四人のおへそも光り始めた。五人のおへそは、暗闇で光る、五つの星になった。

老人のへその光は、四人のへそのチャクラを開け、へそを星にしたのである。そして、この五つのへそ星は、Wの形に並び、カシオペア星座を形作った。この老人は、カシオペアの主宰神であった。銀河の仕組を司り、色々な神々を結びつける神でもある。

最初に四人が踊ったヘソ踊りは、エジプトの「ベリーダンス」である。これは、エジプトの創造神、クヌムを動かしたもの。次のクサクサ踊りは、臭い温泉を嫌う、白山菊理姫を動かしたもの。そして、最後のへその星は、星を生む神、ビッグバンの神を動かしたものである。

その後、四人の男女は、天使になる発願をし、西荻窪に住んだ。そして、二組のカップルになったのである。

レストラン「こけし屋」で、合同結婚式を挙げた四人は、その時に実感した。

四人「結局、あの老人は、私たちを結びつける幸せの天使、カシオペアの、キューピッドさんだったんだ」

それを、宇宙空間で見ていた老人は……。

老人「へー、そうですよー」

と言いながら、へそを出して、笑って飛び去ったのである。

民宿

ある男が、寒い寒い北海道の民宿で、暖房をつけた。しかし、その暖房があまりにも強かったので、男は茹で蛙のようになった。ついに辛抱できなくなった男は、民宿の主に怒りをぶちまけ、オーバーを着て逃げ出した。

「暖房怒りの脱出」

その男は、やけになって盛り場にやって来た。やけ酒を飲んでた男は、隣の客に、民宿での出来事を話した。話を聞き終えた隣の客は、急に怒り出した。その客は、男の胸ぐらを摑んで言った。

「そ、その民宿は、おれの実家だ。おれのおやじに、なんてひどい事を言うんだ。許せねえ！」

隣の客はそう叫び、男と大乱闘になった。男は、たまらず盛り場を逃げ出した。

「乱暴怒りの脱出」

男は酒に酔い、ふらふらしながら、雪に覆われた畦道を歩く。殴られて、赤く腫れた頬を押さえ、男はボソッと言った。

「ああ、ひどい北海道の旅だ。熱々のラーメンでも食べて、気持ちを切り替えよう」

遠くに、ラーメン屋のイルミネーションが見える。男は、そのラーメン屋を目指し、畦道を急いだ。

ところが、酒に酔って足がふらつく男は、ふらっと足を踏み外し、田んぼに落ちた。

田んぼは、生憎雪まじりの泥田だった。男は、

「誰だ、こんな所に田んぼを作ったのは！」

と怒鳴り、田んぼから這って出た。

「田んぼー怒りの脱出」

男は、ドロドロになったズボンのまま、ラーメン屋に辿り着いた。ふーふー言いながらラーメンをすすると、男の体も、心も温まった気がした。機嫌が良くなった男は、ラーメン屋の主人に言った。

「あのー、ドロドロになったズボン……。何とかなりませんかね」

ラーメン屋の主人は、そっけなく言った。

「ズボンのことは、ずぼんでしろ！」

男はしかたなく、また元の民宿に戻った。すると、民宿の主は、いつの間にか、ヒグマに替わっていた。男は、恐る恐るヒグマに尋ねた。

「あのー、前の主は、どこへ行ったのですか？」

ヒグマは答えた。

「ええ？　前の主ですか？　ああ……、腹が減ったので食べました」

「ああ、そうですか」

男はあっさり答えたが、だんだん背筋が寒くなった。暖房を最強にし、カイロを三十枚貼ったが、全く暖かくならなかった。男は、布団の中で震えながら言った。

「最初に……、怒りの脱出さえしなければ、こんな事にならなかったのに……」

民宿の電気を消し、ヒグマはペロッと舌なめずりし、男の側でぐっすりと寝た。

フランケンシュタイン

人造人間フランケンシュタインは、今日も明るく、身体の手入れをしている。まず、こめかみのボルトを時計回りに抜き、つや出しで磨き、サビ止めを塗る。そして、ふっふっと二～三回息を吹きかけ、逆時計回りにボルトを入れる。毎日このボルト掃除をしないと、雑菌やウイルスがこめかみに入り、アトピー性皮膚炎や膠原病になるからだ。

その時、見知らぬ犬がやって来た。白くて大きな犬だ。チラリ、チラリとフランケンシュタインを見ながら、後ろ足で脇腹を掻いている。蚤でもいるのだろうか。それは、犬ノミぞ知る。もしかして、単なる皮膚炎かも知れない。「ひー、ふー、みー、よー……」ああ、皮膚見ながら、四度脇腹を掻いている。相当痒いのに違いない。フランケンシュタインも、チラリチラリと犬を見ながら、身体の掃除を続けてる。

指で、鼻の穴掃除をしながら、ぽつりと言った。

「お前はどこの犬だ」

しかし、犬は何も答えない。黙ってシッポを立てたまま、フランケンシュタインの周りを回るだけだ。うるさそうな目で、犬を見てフランケンシュタインは言った。

「お前はどこの犬だ。なぜ、シッポを立てたまま、わしの周りを回るのだ」

犬は、ちょっと気にしたようだが、また黙って、フランケンシュタインの周りを歩く。目で追っていたフランケンシュタインは、少し怒った語調で言った。

「お前はどこの犬だ。わしのことが、気に入って歩くのか。それなら愛想よく、犬らしく、シッポを振ったらどうだ」

それを聞いて犬は、ムッとなって怒った。そして、犬語で吠えるように言った。

「ぼッ、くッ、はッ。シッポー、フラン犬だ！」

それを聞いて、フランケンシュタインは、意外に思ったが、慣れない犬語で言い返した。

「わッ、しッ、もー。フッ、ラッ、ン、ケン、だあ」

犬はまた怒った。

「ぼッ、くッ、のッ。いッ、ぬッ、ごッ、のーッ。まッ、ねッ、するなあー！　ワン、ワン。ツー、ツー」

フランケンシュタインも、怒って言い返した。

「なッ、にッ、語ッ、でー。喋ろうと、人のー、かッ、つッ、てッ、じゃあー！」

犬は、ますます猛(たけ)り、吠えた。

「ワン、ワンー。ツー、スリー！」

フランケンシュタインは、早口で言った。

「お前は、犬か？　それとも、プロレスのレフリーか！」

犬は、急に、人間の言葉でスラスラ言った。

「ぼくはー、フラン犬だー、ちゅうのー」

フランケンシュタイン「人間の言葉を、そんなにスラスラ話せるなら、はじめから話せー」

フラン犬「ぼくはー。お前のー、誠を試しておったのじゃー」

フランケンシュタイン「な、なんだとー。人間がー、犬に誠を試される覚えはなあーい！」
フラン犬「そういうお前は……、誠の人間、本当の人間と言えるのか……」
フランケンシュタイン「うっ、ううう——。その事は……、わしが、一番気にしてる事なのに……」
フラン犬「ふ、ふ、ふー。やっぱりー……。こめかみのボルトを見た時から、本当の人間かどうか、疑ってたのだ」
フランケンシュタイン「そ、そういうお前は……。シッポが垂直にしか立たない、変わった犬だなー」
フラン犬「うっ、ううう……。その事は……、ぼくが、一番気にしてる事なのに……」
フランケンシュタイン「ふ、ふ、ふ……。やっぱり……。垂直にしか立たない、変わったシッポを見た時から、本当の犬かどうか疑ってたのだ……」
フランケンシュタインとフラン犬は、お互いが気にしてる所をつかれ、しばらく沈黙するしかなかった。手持ち無沙汰の二人は、また黙って、身体の掃除を始めた……。
フランケンシュタインは、口もとをほころばせ、嬉しそうに股に手を入れた。すると、鉄でできた、「バナナ」に似たものを取り出し、丁寧に磨き始めた。フラン犬は、猫のまねして、ペロペロ手を舐めていた。そして、上目遣いで、鉄製バナナを眺めている。フランケンシュタイン「つや出し、サビ止め、オイル充塡（じゅうてん）。気持ちいいなあー、いつ掃除しても……。鉄製だから、いつもカチカチだし、色つやもいい。男らしくて、ピカピカだ」

フラン犬は、今度は爪を噛みながら、興味ありげに眺めている。

「次はこれだ」と言いながら、フランケンシュタインは、鉄製の「イチジク」のようなものを、おもむろに股から出した。神山幽谷（しんざんゆうこく）に生える、カラ松の幹のような神仙の色。生命力ある色。そして、神の住む神域の、トド松のコブを思わせる形に、フランケンシュタインはうっとりした。それから、愛おしそうに撫で、磨き始めた。

それを見ていたフラン犬は、なんだかそれが、やけにおいしそうに思えてならなかった。次第、次第に涌き起こる、カラ松色のイチジクを食べたい衝動。こらえきれない、リビドーのピークに達すると、やにわにかじりついた。すると、フランケンシュタインは、血相変えてそれを頭上にかかげ、叫んだ。

「こ、これは、わしの命よりも大切なものだ。これがないと、わしは……、女になってしまう……」

フラン犬は驚いた。

「え、えー。そ、そ、それじゃ……。お前は……、まさか……」

フラン犬は、それ以上言葉が出なかった。フランケンシュタインは、半泣きになりながら、カラ松色の「イチジク」を、何度も何度も磨き続けた。

「つや出し、サビ止め、オイル充填。いつ掃除しても、気持ちいいなあ……。シワ部分にサビがつくが、このサビ落としが、また気持ちいいんだ……」

そう言いながら、だんだん恍惚とする目になり、フランケンシュタインの表情は、少しずつ明るくなった。

怪訝な顔で、鼻クソを穿るフラン犬は、天啓を受けた聖なる表情になった。そして、いきなり、フランケンシュタインの股にかぶりついた。フランケンシュタインは、魔女裁判で魔女が、火に焼かれる断末魔のように、悲痛な声で叫んだ。

「ああ……、だめ……。そ、そこはだめ……。そこは……、感じる所よ……。やめて……、やめて……、許して……!」

と、身もだえしながら、演技派女優の濡れ場言葉を連発した……。

「こ、こいつ……。やはり、女だったのか……」

驚きの中に混じる、複雑なあきれ顔。その顔でつぶやく、フラン犬の毒を含んだ言葉で、フランケンシュタインは、荒れる武士(もののふ)の表情になった。キッと目を見開く、武士フランケンシュタイン。今、天使と魔女が入り混じる指で、すっかり磨き終えた鉄製バナナとイチジク。百年に一度開帳する仏像を、そっと元に納める僧侶のように、フランケンシュタインは、それを股に差し込み直した。すると、急に男らしい勇者の声になった。

「何を言う! おれは……。れっきとした男だ。まったく、無礼なことをほざく犬だ。けしからん!」

「だって……、だって……、あの声を聞けば、誰だって、そう思うよ……」

フラン犬は、どうしても納得できず、「ロダンの考える人」の顔になった。

その時、さくらんぼのように小鼻が張った、風変わりな老人がやって来た。

「やあ、フランケンシュタイン。元気でやってるかのう」

「ああ、お茶の葉博士、お久しぶりです」

フランケンシュタインは、その老人と親しかった。

「やあ、フランケン犬もいるじゃないか。シッポの具合はどうじゃな」

「ワン、ワン、ワンタン、メン！　ワンタンメンの、ワン！」

とフラン犬が答えると、お茶の葉博士も、流暢（りゅうちょう）な犬語で話した。

「ワン、ワン、王陽明（ワンヤオミン）。ワン、ワン、王羲之（おーぎし）の、ワンマン人生」

フランケンシュタイン「博士。それはどういう意味ですか？」

お茶の葉博士「いやなに、哲学的な書家は、マイペースな人生を送るが、お前も、相変わらずマイペースで生きてるのかと、たずねたのじゃ」

フランケンシュタイン「あんな短い言葉に、そんな長い意味があったのですか」

お茶の葉博士「さよう。それが犬語の特色じゃ」

フラン犬「そ、その通りだ。犬語の特色は、半分以上がテレパシーなんだ。そして、わずかな言葉で、相手の本音を他心通（たしんつう）するんだ。だから、最小限度の言葉で、最大の真意を咀嚼（そしゃく）する犬が、犬語の達犬なんだ」

お茶の葉博士「なんだか、禅語のようじゃろ。じゃから、犬禅一如と言ってな、犬語を学ぶ者は、悟りの見性をめざし、真の犬性を開く修業が要る」
フラン犬「そうなんだ。ぼくも……、学生時代に、飲まず食わずで修業したんだ」
フランケンシュタイン「まったく、そうは見えないけどね……」
お茶の葉博士「おやおや、フランケンシュタインも、フラン犬も、顔見知りだったのか。それは、それは、奇遇じゃな。生みの親が知らぬ間に、血と血が呼び合ったのか……」
フランケンシュタイン・フラン犬「ぎょえー、なんだってー！　お茶の葉博士が、う、生みの親だってー？」
お茶の葉博士「そうじゃよ、フランケンシュタイン。お前は……。『人間の喜びと楽しみ』という、長らく人類が追求して来た、『幸せとは何か』のテーマで作られた、究極の人造人間なんじゃ。そして、フラン犬。お前は、もともとフラダンスを踊る、フランダースの犬だったが、フランスでラフランスを食べ、メス犬にフラれた腹いせに、十フラン盗んだのだ。それで、堅牢なる犬牢に入れられておった。それを、わしが助けたのじゃ。お前は、ずいぶんヘソまがりの犬じゃが、シッポをつけ替えると、腰が自動的にフラダンスを踊る、究極のエンターテイメント犬じゃ」
フランケンシュタイン「すると……。お前は、人造犬だったのか……」
フラン犬「そういうお前も……、人造人間だったのか……。それにしても……」
シッポをピンと立てたまま、フラン犬は威儀を正し、おもむろに博士にたずねた。
「あの……。このフランケンシュタインの……。本当の謎が知りたいのです……。はたして、男なのか……。女なのか……。To be or not to be. It's a sin to tell a lie」
お茶の葉博士「ホッホッホッ。生きるべきか、死ぬべきか。嘘は罪……。ハムレットの台詞と、嘘は罪というアメリカンポップスの歌詞が、合体した犬語か……。つまり、男か女か……、嘘言わないで教えてよ、という意味だな」
フラン犬「ワン、ダフル、チョロする、ゴルフその通り」
お茶の葉博士「ホッホッホッ。お前の頭では、到底理解できんだろう……。わしが、答えてやろう……。人間は、男として生まれれば、男としての喜びや幸せしか味わえない。また、女として生まれれば、女としての喜びや幸せしか知らない。そこで、わしは考えた……」

フランケンシュタインとフラン犬は、アンドロメダ星雲とカシオペア星雲が顔をつき合わせ、彗星が決められた周期を待てない心で、博士の次の言葉を待った。
お茶の葉博士「人間の究極の幸せとして、男の喜びと女の喜びを、両方味わえる人間を造ろうと考えたのだ」
フラン犬「え、えー！」
お茶の葉博士「それが、このフランケンシュタインなのじゃ、天上界に行くと、『他化（たけ）自在天（じざいてん）』という天界があってな。そこの天人達は、相手の幸せが、そのまま自分の幸せなのじゃ。男でも、女としての幸せがそのまま感じられる。女なら、男としての幸せが、そのまま感じられるのじゃ。もっとも天界じゃから、それは精神的なものであり、魂で感じるものだ。じゃが、実際に魂の世界である天界に行けば、それは、そのままが現実なのだ。そこで、わしは、その天界における現実を、この世の現実にするべく人造人間を造った。どうじゃ、すごいだろう」
フランケンシュタイン・フラン犬「へえー。そりゃ、すごーい！」
お茶の葉博士「でな。わしは考えた。今やレズやホモも、国によっては結婚できる時代になった。じゃから、レズやホモの人権を考えたなら、他化自在天を現実化する人造人間は、レズやホモの喜びも、同じように感じ、味わえる自在性が必要ではないかと……」

フラン犬「じゃ、未来を写すという天上界では、そ、その……。他化自在天とやらは、ホモ同士の喜びや、レズ同士の喜びを、そのまま同じように感じ、喜んでるんですか?」

お茶の葉博士「無論、そうじゃよ。ただし、歪な愛欲ではなく、相手を理解して思いやる、すがすがしい愛情を持たねば、魔界に感応するがな……。世界中で、ホモとレズの数が増え、結婚も自由にできるようになると、社会の認識も変わるじゃろ。ホモやレズ達の自覚も、おのずから変わり、罪悪感や被差別コンプレックスもなくなるじゃろう。すると、心の奥が晴れ渡り、純粋な愛や尊敬、信頼の意識が広がる。心という意識の、最奥に広がる天界には、人間界のちっぽけな倫理や道徳、我や欲がない。じゃから、時代、時代の人々の幸せや喜びを、差別なく、同じように感じるのじゃ。無論、人間側の精神が濁れば、たちまち魔界や地獄に感応する。そうなれば、他化自在天などの、天人には会えなくなるがなあ。全ては、人間次第なのじゃ。人間とは、その一念によって、神にも魔王にもなり、仏にも畜生にもなるものじゃ。じゃから、その日々に発する一念によって、自分が永遠に住む所を、天国にするか地獄にするか、自分で決めてるのじゃ。神が裁くのではないわい」
フラン犬「へえー。そうか……」
お茶の葉博士「ところで、なぜ他化自在天には、それができるかわかるか」
フラン犬「え、えー？　わかんなーい。わかる訳ないよー」
お茶の葉博士「もっと犬究（けんきゅう）しろ！　犬鑽（けんさん）し、犬虚（けんきょ）になり、犬身（けんしん）的に人に尽くせ。そうすれば、わかるようになる」
フラン犬「ええー！　地雷を踏まないで、教えてよ。あれ、違った。じらさないで、教えてよ」
　フランケンシュタインは、ずっと神妙な顔で聞いている。キリストの処女受胎が本当だったのか、それとも、ネストリウス派の言うように、やって生まれて来たのか。本当の出生の秘密が、いま明かされようとしてることを、体や陰部で感じてるからだ。
お茶の葉博士「教えてやろう。それは……。無我見の愛、無我執の愛、無心の愛。つまり、本当の愛があるからだ」

その言葉に、フランケンシュタインは、ビクッと身体をのけぞらせた。いつの間にか、陰部は濡れたり立ったり、涙は蕩々と流れ出た。

お茶の葉博士「だから、わしは……。その『他化自在天』の、差別のない本当の愛を具現する、人造人間を造りたかったのだ。それが、このフランケンシュタインだ」

フランケンシュタイン「そうだったのか……。それが、わしが生まれた理由、出生の秘密だったのか……」

お茶の葉博士「そうだ。ほら、その一見鉄製に見えるバナナやイチジクは、感じる金属で出来ている」

フランケンシュタイン「そ、そんな金属があるのですか」

お茶の葉博士「わしが、発明したのじゃ。形状記憶合金や、腐食しない金属があるが、もっと優れた金属として、わしは『感じる金属』を発見したのじゃ。オスライオンの亀頭部の細胞と、メスライオンの愛液を混ぜ、そこにオットセイの睾丸とアザラシの卵巣を入れた水溶液に、白金を百日間漬けたのじゃ。そして、仕上げに……、『マクベス』

に出て来た魔女の鼻クソを、一トン入れた。それを、溶鉱炉で溶かした原材料に、三十種類の金属を溶かしこみ、それから最後の仕上げじゃ。ふ、ふ、ふ、それからアワビの殻、猩々蠅（しょうじょうばえ）のフン、雀の涙を電解水溶液に入れたものと化合させ、秘密工場で電着精製したのじゃ。漢方薬には生薬というものがあるが、金属にも生金属を造ったのは、わしが最初なのだ。どうじゃ、すごいだろ。もし、この金属で歯のインプラントを造れば、喜びの味を感じる歯ができる。これで物を食べたら、普通の歯より何倍も幸せでおいしい。また、これで歯の浮くようなお世辞を言うと、自分も相手も、溶けるぐらい幸せになるじゃろう」
フラン犬「じゃ、ぼくのシッポも、その金属で造ったのですか」
お茶の葉博士「もちろんじゃよ」
フランケンシュタイン「じゃ、わしのバナナもイチジクも、その金属で造ったのですか」
お茶の葉博士「その通りじゃ。だから、身体につけると、気持ちいいじゃろう」
フラン犬「うん、たしかに気持ちいい」

フランケンシュタイン「うん、たしかに、白雪姫の胸に止まる、小鳥のように気持ちいい」

お茶の葉博士「なら、いいじゃないか」

フランケン犬・フランケンシュタイン「そうだね」

お茶の葉博士「ところで……、フランケンシュタインよ。お前の、その金属で作ったバナナを股に差し込み、イチジクをブラ下げると、男としての喜びと、男としての至福の幸せを経験できるはずじゃ」

フランケンシュタイン「しかし……。まだ、その相手がいないんですー」

お茶の葉博士「今、わしが作ってる所だ。心配するな」

フランケンシュタイン「えっ？　ほんと！　わーい！　うれしいなあ……。おれって、結婚願望なんだー」

フラン犬「ちぇっ。いいなあ……。ぼくも、相手がいないもんね。ぼくだって、強い、強い、結婚願望なんだけど……」

お茶の葉博士「はっ、はっ、はっ。心配するな。お前の相手も、今造ってる所だ。もうすぐ、試作品が完成するぞ」
フラン犬「えっ、ほんと！　わーい、うれしいなあ！　ねえ、ねえ。かわいい子なんでしょ、その子は……！」
お茶の葉博士「もちろんだよ……」
フラン犬「わあーい！　やったあー！」
お茶の葉博士「ちゃんと、目も三つあるしね……」
フラン犬「え、え、えー。め、目が……、三つ……」
お茶の葉博士「はっ、はっ、はっ。うそだよ……」
フラン犬「な、なあーんだ。博士も……、犬をからかうなんて、犬識を疑われますよ」
お茶の葉博士「鼻は……、二つあるけどね……」
フラン犬「えっ！　鼻が……」
フランケンシュタイン「冗談に決まってるだろ！」
お茶の葉博士「いや、本当だ……。ただし、これは付け替えできるんだ。一万メートル先まで、犯人の臭いを嗅ぎ分ける警察犬の鼻。そして、もう一つは、半径三十メートルまでの、普通の犬としての鼻だ」
フラン犬「ぼくは……。普通の犬としての鼻だけで、充分ですよ。余計な鼻はいりません」
フランケンシュタイン「お互い、恋人ができたら……、羽田空港から飛び立つ飛行機を、夜の堤防から眺め、そのデートの後に、月島のもんじゃ焼の店にいくんだ。そして、ビールを飲み干しながら、フレンドリーに相手を紹介し合おうよ」
フラン犬「犬も入れる、もっと別な場所の方がいいと思うけど……。その約束は、絶対するよ」
お茶の葉博士「フランケンシュタインよ。お前は、未来の人間をどう造るかという、ある神の計画のために、わしが依頼されて造ったのだ。言わば、お前は未来人間の実験台なのじゃ。じゃから、お前は、あらゆる幸せと喜びを追求する責任がある。そして、それをわしに報告する、重い義務があるのじゃ。言わば、報連相（ほうれんそう）が要るのじゃよ」
フランケンシュタイン「えっ？」
お茶の葉博士「報告、連絡、相談のことだ」

フラン犬「なあーんだ。禁煙パイポの食べる、ホウレン草かと思った……」
お茶の葉博士「フランケンシュタインよ。だから、お前は股にそれをつけると、男の喜びと幸せを感じ、はずすと、女の喜びと幸せを感じるぞ」
フラン犬「へえ……。だから、感じる金属のバナナとイチジクを、フランケンシュタインがはずしてる時に、股を噛んだら女性のあちらの声が出たんだ」
お茶の葉博士「それだけじゃない」
フランケンシュタイン「えっ？」
お茶の葉博士「お前は、『他化自在天』を写して造った人造人間だ。だから、感じる金属のバナナとイチジクをつけると、ホモの喜びと幸せも感じることができる」
フランケンシュタイン「じゃあ、はずすと？」
お茶の葉博士「はずせば、レズの喜びと幸せも、そのまま感じるのだ。相手がいればの話だが……。そして、そういう相手を幸せにできて、自分も幸せになることができる。どうだ、すごいだろう……」
フラン犬「え、え……。フランケンシュタインのボルト付きの顔を、好きになるホモや、レズがいるのかなあ……」
お茶の葉博士「何を言う！　雪男より大きくて醜い男、野ネズミよりも小さく、またパールバックの『大地』の主人公のような、足も体も大きすぎる女は、世界中にいるんだ。結婚を諦め、男女交際や同性愛の交際すら、完全に諦めた人もいる。フランケンシュタインは、そういう男女を救う、切り札とも言える人造人間だ。それと同時に、優れた未来人間を作るための、尊い実験台でもあるのだ。だから、限りない愛を以て、真剣に不純異性交遊や、不純同性愛交遊をやれよ！」
フランケンシュタイン「わかりました。真剣に愛の不純を試みます」
お茶の葉博士「よしよし。それでよし。よく世間では、両性具有の観音様だとか、両性を超越した神なる存在と言うが……。わしは、二つを兼ねるぐらい、大したことないと思う」
フラン犬「ええー！　と、言うと……」
お茶の葉博士「わしは、男として、女として、ホモとして、レズとして、四つの喜びと幸せを兼ねる方が、もっとすごいと思う。幸せは、通常の四倍以上、ご随意だと言える」
フラン犬「ぼくは……、どれか一つに絞った方が、幸せだと思うけど……」
お茶の葉博士「黙れー！　お前には、まだ犬としての我や、分別ある者の我があるのだ。たとえ、自分はやらなくても、浮気者の幸福感や両刀使いの充実感、また、同性しか愛せない人の気持ちを、宇宙大の寛容で解すべきだ。それでなくては、これからの時代、御仏（みほとけ）の活動たる、光を和らげ塵と同じくする和光同塵（わこうどうじん）、また、悪人や不信心者と事を同じくし、これを善導する、『同事（どうじ）』は到底できかねるはずじゃ」
フランケンシュタイン「何のことやらわからん」
フラン犬「ふ、ふ、ふ。うすうす、わからぬでもないが……」
フランケンシュタイン「ばか。お前は、単にサカリが来てるだけだよ。この、結婚願望犬め」
フラン犬「そういうお前も、結婚願望、人造人間め！」
お茶の葉博士「まあまあ、落ち着け、落ち着け！　これも、未来の人間を、本当の仏や神のごとくする実験じゃ。お前達も、仏や神の活動の実際を学び、天上界の天人のあり方を学べば、今言った意味も、少しずつ解るようになるじゃろう。それはそうと、わしはもう、そろそろ帰らねばならぬ……」

フラン犬「あの……。博士！　一つ聞いていいですか。博士は、どこの国の人なんですか……」

お茶の葉博士「わしか？　わしはな……。エジプト人だ。人というよりも……」

と言いながら……、博士の身体は、だんだん薄くなって行った。あれよあれよと、目をパチパチさせてる、フランケンシュタインとフラン犬。

その時、東の空の雲が割れ、日光がうっすらと差し込んだ。すると、もう半透明になった博士の身体に、薄日が差して影ができた。その、ほのかな影をよく見ると、首から上は羊の姿、首から下は人間だった。それは、ロクロの上で、泥をこねて人間を造ったと言われる、エジプト創造神の一つ、羊顔の神様として知られる、クヌム神そのものだった。

駐車場

見知らぬ宇宙人が、地球に初めて降り立ったのが、大きな駐車場だった。宇宙人が興味深く眺めていると、そこに不細工な少女がやって来た。

宇宙人が言った。

「あっ、駐車処女だ」

地球の言葉に、どこか精通している宇宙人である。

宇宙人がまた眺めていると、今度は車が徐行して入って来た。宇宙人は言った。

「あっ、駐車徐々だ」

運転手は車から降りて、やにわに駐車場で立ち小便した。

それを見ていた宇宙人は、恥ずかしそうに言った。

「あっ、駐車ジョンジョンだ……」

地球征服に来た宇宙人だったが、しばらくすると、円盤に乗って帰ってしまった。この宇宙人の星では、なによりも、美少女と陰部を隠すことを尊んだからだ。

地球は、不細工な少女とマナーの悪いドライバーによって、奇跡的に救われたのだ。

この少女とドライバーは、その夜、ひどい風邪を引いた。病院に行くと、宇宙人のような医者に、「チューシャ」された。地球にとって、幸運な一日だった。

寝つけない夜に

なかなか寝つけない、秋の夜だった。私は、色々な物語の落ちが気になり、落ち着かなかった。そこで、私は開き直った。ゴロンと頭を枕にのせ、色々な落ちを考えた。まずは、ビールからだった。

大草原でビールを飲んでいたら、動物が通った。

「キリン」

警察が、ビールを飲んでいる。

「サツポロ」

卵を生んだニワトリも、ビールを飲んでいる。

「産鳥(さんとりー)」


クリーニング屋も、スーパーで買ったビールを飲んでいる。

「スーパードライ」


ボロボロの家で、エビスさんがビールを飲む。

「ビール腹(ばら)っ苦(く)」


盛り場で、日本酒を二本飲んだ。

「ニホン盛り」


大黒さんが大きなオナラをした。

「ダイコク」

フランケンシュタインが、柄杓（ひしゃく）の柄の絵を描いた。

「えっ？」

カエルが洋服を変えると、雨が降った。

「アマガエル」

カッパが、筋トレで背中を鍛えた。

「カッパ筋」

地面は、雨が降って濡れた。

「ジメッ」

山に、虹がかかった昼さがり。

「二時だった」

池の水面(みなも)に、男が顔を写す。

「イケメン」

空はどこまでも青かった。

「そら良かった」

雲は、どこまでも空を覆う。

「曇った」

ソビエト連邦が崩壊した。

「それんで……」

ひと月前に買った、リンゴとバナナがあった。

「古（ふる）ーツー」

東雲（しののめ）の空をながめ、缶詰を開けた。

「あけぼの」

空から電池が降ってきた。

「ソーラー」

空を見上げると、太陽に異変が起きた。

「ソーラー大変」

イカが、仲間を煽動した。

「アオリイカ」

言葉を話すイカがいた。

「文語（もんご）イカ」


扱いやすいイカもいた。

「ヤリイイイカ」


生息する場所にこだわるイカもいた。

「スミイイイカ」


いつも、信号を確かめるイカもいた。

「アカイカ」


いつも回遊し、千葉の海から出たイカもいた。

「ケンザキイカ」

海で泳いでいると、怪しいイカに襲われた。

「イカがわしい」

ある時、イカに幸せかと尋ねたら、答えてくれた。

「イカにも」

ロシアの改革に、巻き込まれたイカもいた。

「ペレストロイカ」

蛸を取ったので、市場にもって行こう。

「たこう売れる」

スパイダーマンが、ビルにくっつける糸をはずし、地面に落ちた。

「スッパイだあ」

饅頭食べてるウルトラマンに、警察がピストルを構え、手を上げろと言った。

「ウルトラマン銃だ」

てんとう虫が勃起した。

「テント」

シルエットロマンを歌う、美人歌手の干支を聞いてときめいた。

「知る干支ロマンで、タツなのよ……」

シャガールの絵を見てたら、後ろから押された。

「何シャガール」

それを、祇園の舞子さんが見て笑った。

「芸シヤガール」

チーズを食べながら、吐き捨てるように言った。

「チェッだあ」

京都の人が、羊羹を喉に詰めてしまった。

「よう噛んでね」

江戸時代の人が、漬物を喉に詰めてしまった。

「うつけ者め」

らっきょを食べながら、相撲を観戦した。

「らっきょい、残った、残った」

原子力潜水艦から、乗組員が、パニックになって通信した。

「ノーチラスだ……」

妖しい赤ちゃんが、手を差し出した。

「あやしーてー」

バカが、バクチをやっていた。

「バカラ」

馬と鹿が、お互いけなし合った。

「馬鹿にしてる……」

馬と鹿が、お互いに愛想つかした。

「馬鹿、馬鹿しい」

夕暮れに、馬が水をかけられた。

「ダークホース」

鹿が、困った顔をした。

「鹿めっ面」

鹿が、追うのを諦めた。

「鹿たない」

鹿が、もう一度考え直した。

「鹿し……」

鹿が、仇討ちを誓った。

「鹿えし」

鹿が、女性を襲った。

「鹿衛生士」

風の中を、鹿が走り去った。

「風の谷のナウシカ」

最後に、私の妹と姉に言った。

「これで、しまいです」

ある秋の出来事

ぼくは、空気の空太郎です。ここに居るのは、ぼくの親友、おならの奈良太郎です。

おい、奈良太郎、皆さんに挨拶しろよ。

「ブリー」

なんだ、それだけかい。

「バリー」

それで?

「ボワン」

あっそう。「屁常心、これ道なり」という、禅の心で生きてる訳だね。

「ベリ、ベリ、ベリー」

ああ、ベリーグッドというわけか。

「プスッ」

なに？　ブスな女性に会っても……、

「ブリ、ボワン」

なる程、屁常心で接するわけだね。

「ペション」

ほう、気持ちが落ち込んでも……、

「バリ、ブリ、ボワン」

それに囚（とら）われず、屁常心で生きるのか。

「プーウワン」

なになに、不安な時でも……、

「バリ、バリ、バリー、ミチー」

勇気を奮い起こし、道を全うするのが屁常心、というわけか。

「ベリ、ベリー」

うんうん、ベリーグッドなんだね。

「プウユー」

なに？　今度は浮遊霊か。

「プウユー、ミチミチー」

そうか、浮遊霊の出る道が恐いのか。ぼくもだよ。奈良は歴史が古いから、浮遊霊がいっぱいだね。

「プウユー、プウユー、プリプリー」

そうか、先日浮遊霊に会ったら、おならが臭いって、怒られたのか。

「プユウー、プリプリー、プウー」

なに、怒って膨(ふく)れっ面する、女の浮遊霊もいたのか。それで、奈良太郎はどうしたんだい？

「バリー、バリリンリーン」

そうか、罵詈雑言(ばりぞうごん)を浴びせたのか。すると、どうなった？

「スゥー」

ああ、スゥーと消えたのか。

「プスッ」

そうか、ブスな女の浮遊霊だったのか……。

「プリプリ、スゥ――」

プリプリ怒ってたが、最後はスゥ――と消えたんだ。

「ポコッ、ポコッ、ポコポコーン」

なに？　ふんどしの、右にずれた男の浮遊霊が……。

「ポコポコーン」

そうか……、湯舟で良く見る、泡のように出ては消え、出ては消えたんだな。それで
……、ポコポコーンはどうだった？

「ペション」

なんだ、ペションとしてたのか。そりゃそうだろう。長い間、浮遊霊やってたら、燃える事もないよね。何かに燃え、元気だったら、ちゃんと霊界に行ってるよ。

「ブリ、ブリー」

そうだ、魂振（たまふ）りだ。屁常心より大事なものは、魂振りだよ。常に明るく目標を持ち、

勇気とやる気を振るい立たせる。それが、神道の魂振りだ。たとえ一時、挫折し絶望しても、魂の栄養になったと思うべきだ。そして、また立ち上がって、勇気とやる気を起こす。それが、本当の魂振り人生だ。おならが、一発で終わらず、何発も何発も出て、実が出るまでやめないのと同じだ。

「バリバリ、ブリブリ、バババババアーン」

ありがとう、賛成してくれて。

それで、男の浮遊霊はどうなった？

「プヘー、プヘー、プヘー、ヘー」

なに？　平家の亡霊だったのか。

「プフー、プフー、プフフー」

そうか、ブス女の浮遊霊と、夫婦だったのか……。それで？

「ブッブッブー、バリバリバリー」

なるほど、女に対する亡霊の不満を聞いて、一緒に罵詈雑言（ばりぞうごん）を吐いたのか。

「プスウー」

それで亡霊は納得し、消え去ったのか……。亡霊は、愛の心で接し、納得すると成仏するからね。良くやった、奈良太郎。空気ではない、おならでもない霊には、心があるからね。ぼくらも、負けないように、いい心を持とうよ。まず屁常心、それから魂振り、最後はやさしい愛の心だ！

「プリプリプリー」

なんだって？　プリティーな女性の、素敵なおならを求め、そろそろ奈良へ帰るって？

「ボーン」

そうか、ドイツのボーンから来た女性か。

「ボーン、ボーン」

いいじゃないか。巨乳のボイーン、ボイーンなら。

「ポソーン、ポソーン」

細身でスマートなら、なおいいじゃないか。それじゃ将来、国際結婚するのかい？

「ムリムリムリー、ミチミチミチー」

おやおや、おならから、次の段階に進んだようだね。それでも無理か。ドイツ女性とオナラでは、道が違うか。

「ペチョペチョー」

おしゃべり好きなら、つき合って楽しいね。それじゃ奈良太郎、また会おう！

「クウークウー、ブ、ブウー」

空太郎も、無事で元気でねえーか。ありがとう。

「パオーン、パオーン」

バイバーイ！　股合おう。奈良太郎やあーい。さよ、おならー！　さよ、おならー！

さよ、おならー！

空気とおならが混じり合った、ある秋の出来事でした。

蝿

乳首の回りに、蝿が飛んでいる。

「いやな蝿！」

私は、等身大の鏡に姿を映し、自分の裸体に酔い痴れていた。なのに……。

「なんなのよ。この蝿は！」

私は、横から見た裸体を鏡に映し、陰毛を撫でてみた。すると、蝿の目は光った。

それから、こぼれそうな私の乳房を、右に左にゆさぶり、両手で揉み上げてみた。すると、蝿から煙が出た。

今度は、私のよく締まったお尻を、S字にくねらせ、人差し指を膝から陰部に這わせ、足を上げた。そして、「ハアーン」と悩ましく溜息した。すると、蝿は爆発した。蝿は、ゼウスだった。

「だから、ギリシャの神様って、いやあー！」

私は、爆発した蝿の破片を、足で蹴散らし、シャワーを浴びてホテルを出た。

蹴散らされた蝿の破片は、目だけ赤く、幸せそうに光ってる。赤い目は、数がどんどん増え、それから世界に飛び散った。それが、人類の男の目になったのである。

広辞林

深夜に井の頭公園を歩いてたら、道標(みちしるべ)があった。

赤い矢印の方向に動物園。水色の矢印の方向に水族館。黄色い矢印の方向に、広辞林とある。

「なに？　広辞林？　珍しい名前の林だなぁ」

私は、何やら惹かれるものを感じ、広辞林に足を踏み入れた。

しばらく歩いていると、白いプレートがあった。「あ行」と書いてある。

「なにぃ？　あ行だって？　変わった名前の木だなぁ」

私は、首を傾げた。その白いプレートから奥の木は、薄紫色の樹木ばかりだった。その樹木の中に、二本の枝が交差してる大木があった。私は、変わった形の大木なので、そっと幹を触ってみた。

すると、幹から声がした。

「あー、安保」

「えええええー」

私は、ぎょっとして後ろにのけ反った。

「な、な、なんという……、不思議な木なんだ、この木は！」

私は恐る恐る木に近づき、震える手で、もう一度撫ぜてみた。

すると、今度は少し大きな声がした。

「あー、安保。日米安全保障条約の略」

「な、なんだ、この木は……」

私は、口をポカーンと開け、その場に立ち尽くした。師走の寒風は、容赦なく私の髪をバラバラにし、心まで凍らせた。遠くの方で、白鳥のクアンクアンという啼き声が聞こえる。

「なにか……、鳥の啼く声を聞き違えたのかな？　それにしても……。あまりにも具体的な単語、言葉、解説だった……。ひょっとして、ここはヘンゼルとグレーテルの迷い込んだ、あのお菓子の家のある、魔女の森かな。それにしては……。あのホーホーと啼く、妖しい、梟の不気味に光る目も、ゾゾッとする羽ばたきもない。すると……、やはり違うのか。そりゃそうだ、ここは吉祥寺だもの……。そんなはずないよね、それにしても……」

私は、頭も心も混乱した。それで、試しにもう一度その木を触ってみた。

すると、今度は小さな声がした。

「もうおしまい。もうおしまい」

「な、なんだ。これでおしまいか」

私はほっとして、林の道の奥を歩いて行った。

すると、今度は見たこともない、造形美にうっとりする樹木があった。私は、ためらいなく、さっとその幹に触れた。やはり、樹木から声がした。若々しく美しい、女性の声だ。

「あー、アフロディティ」

もう一度触ってみた。

「あーー、アフロディーティー。ミロのビーナスのことよ」

さすがに、美しい見事な樹木だった。

それで、もうおしまいかも知れないが、もう一度、つるつるする幹を触ってみたくなった。すると、今度は艶めかしい、ささやくような声がした。

「あー、あー、そこはだめ……。あー、そんなにしちゃだめ……。感じ過ぎるじゃない……。地面から動けない私に……、そんな事をするなんて、酷だわ。や、やめて……。お願い……」

私は、ハッとなって手を引っ込めた。手の平には、不思議な温もりがあった。

「ええー、ええー」を連発しながら、内心、小躍りするほど嬉しかった。恋人のない私には、映画のラブシーンの一コマに自分が居て、主人公になり、恋人の裸体に触れた気がしたからだ。私は嬉しくて、そのあたりの道を、何度もぐるぐる走り回った。

ふと、冷静になり、私はもう一度アフロディティの木に近づいた。幹を触ると、感じ過ぎて苦しいようだから、小枝を触ることにした。すると、優しい声がした。

「あー、なんですか、ご用ですか何か……」

私は言った。

「あの……、あなたはアフロディティですか？」

「そうよ」

樹木は優しく答えた。

「あのー、私は……、恋人が居ないんです。あの……、その……、良かったら、私の恋人になってくれますか」

私は、緊張と興奮のあまり、思わず力が入り、握った小枝をポキンと折ってしまった。

「痛い！」

樹木は叫んだ。

「あっ、ごめんなさい！　お許しください、お許しください！　つい、手に力が入ってしまって……。まだ、痛いですか？　わ、私のこと……。もう……、嫌いになりましたか？」

私は、別の小枝をそっと握り、恐る恐る尋ねた。樹木は言った。

「あ……、いいえ。少しヒリヒリするけど、もうそんなに痛くないわ」

私は、手に力が入り過ぎないように、気をつけながら言った。

「じゃあ、じゃあ……。私のこと、まだ怒ってますか?」

「いいえ、始めから怒ってなんかいませんわ。あなたの気持ちは、あなたが小枝を握った時から、わかってましたから」

時々、ピューピューと小枝に鳴る寒風は、急に収まり、温かみのある微風に変わった。

私は、ときめく心を落ち着かせようと、深呼吸して言った。

「じゃあ、じゃあ。私の……、恋人に……、なってくれるんですね」

優しい微風に、枝を揺らせて樹木は言う。

「ええ、いいわよ。ただし、私が人間の言葉を話せるのは、午前一時から五時までよ。丑(うし)の刻と寅(とら)の刻、合わせて四時間だけなのよ。それでもいい?」

「も、もちろんです」

私は、口から心臓が飛び出るほど嬉しかった。樹木はさらに言った。

「もうじき、夜が明けるわ。今度来る時は、幹をそっと触るより、思い切り抱いてくださいね。それが、一番気持ちいいんです。抱き合って、色々なお話をしましょうね。樹木は、人間に話しかけられるのが、なによりも幸せです。ほんとうよ。まして、あなたのように、真剣に愛してくださると無上の喜びよ。この愛が続くと、私は金のなる木にも、ご神木にもなれるわ。そうなれば、きっとあなたを幸せにできるわ。だから、私をずっと愛してくださいね。お願い！」

私は、ますますその樹木が愛おしくなり、堪え切れずに強く抱きしめた。

「あー」という、微かな声が幹から聞こえた。

その時、鳥がさえずり、夜明けの光が枝に影を作った。もう、樹木からは、何の返事もない。

夜が明けて朝になり、アフロディティの木をまじまじ眺め、私は驚いた。均整のとれた、本当に美しい樹木で、枝ぶりも木肌も、まるで芸術品のように輝いていた。

私は、この木を誰にも渡したくない、誰にも触らせたくないと思った。それで、すぐに家に帰り、プラカードを作った。何度も何度も字を練習し、あたかも、公園の管理局が書いたように書いた。

――特別天然記念樹。この木に触ると、法律で厳しく罰せられます――

私はプラカードを、アフロディティの木の側に立てた。抜けないように、しっかりと深く刺した。それでも不安なので、何度も根元を踏み固めた。私は、それでホッとしたが、なかなか帰る気になれず、しばらく昼下がりの公園を歩くことにした。

白鳥が、水面を滑るように泳いでいる。私の、自然にこぼれ出る笑顔を、一匹の大きな鴨がちらっと見て、静かに横切って行った。

偽のミュージカル・江戸川乱歩風『黒蜥蜴』
（女性の黒蜥蜴です。）

（菅原洋一の歌がかかる。「あーなたのー、過去などー。知りーたくないわー」で切れる）

黒蜥蜴「なのに、なんで、明智小五郎がさぐるのよ……！」

（桑田佳祐の「いとしのエリー」がかかる。「エリー、マイラブ、エリー」で切れる）

黒蜥蜴「私のコートの、エリが気になるのね」

（堀内孝雄の、「君のひとみは10000ボルト」がかかる。「君のひとみは10000ボルト」で切れる）

黒蜥蜴「私は、ロボットじゃないのよ！」

（布施明の、「恋」が流れる。「恋というものは――、不思議なーもー、のー、なんだあー」で切れる）

黒蜥蜴「そうよ。コイと言われて、警察に連れていかれたのよー」

その時、ドカドカする音と共に、明智小五郎と警察がやって来た。「ガチャッ」、という手錠をハメル音がする。
明智小五郎「黒蜥蜴、久しぶりだな。これでお前も、年貢の納め時だな」
(アイ・ジョージの、「硝子のジョニー」が流れる。「黒いー、面影ー、夜霧にー、濡れてー、ギターもー、泣いているー、ジョニーよ、どこにー、いー」で切れる)
黒蜥蜴「ジョニー、ジョニー、ジョニー。どんなに、あなたのジョニーと訴えても、あなたは、許してくれないのね」
明智「そうだね」
黒蜥蜴「それじゃ……、それじゃ……。最後に口づけをして……!」
(ヴィーナスの、「キッスは目にして」が流れる。「キッスは目にしてー」で切れる)
明智「キッスは、目にするものじゃない」
黒蜥蜴「ああら、じゃ、どこにしてくださるの?」
(村田英雄の、「人生劇場」が流れる。「やあーるーーとおー、思えばー、どこまーでえやるさー、そーれえがああ、男のー、魂じゃー、ないかあー」)

黒蜥蜴「でもー、手錠をはずさないと、全身にはできないわよ」
明智「そうじゃないんだ」
(民謡の、「ソーラン節」が流れる。「ヤーレン、ソーラン、ソーラン、ソーラン、ソーラン、ソーラン、ハイ、ハイ」で切れる)
明智「全身には、ヤーレンだろ」
黒蜥蜴「じゃ、どこにしてくれるの?」
明智「こうだよ!」
(近藤真彦の、「ギンギラギンにさりげなく」がかかる。「ギンギラギンにさりげなくー、そいつがー俺のやり方ー。ギンギラギンーに、さりげなくさりげなくー」で切れる)
黒蜥蜴「ありがとう、わりと派手目に、さりげなくして頂いて……」
明智「さりげなくか……。じゃ、行こうか……」
黒蜥蜴「ま、待って。ま、ま、待ってよ!」
　黒蜥蜴は、明智への恋心から、なかなかそこを去ろうとしない。そう、去ろうとする、去り気はなかったのだ。

十二月の詩（うた）　～プロローグの詩（うた）

星は讃える　北極星
住めるサンタの　毎年の
長い旅路の　宅配業
子供に与える　才能の
目には見えない　プレゼント
一陽来復（いちようらいふく）　天の時
クリスマスの頃　天空は
子供の恵みを　サンタに託す
トナカイ便に　サンタは乗って
世界を巡る　忙しさ

ハゲを隠して　励む神
結うに結えず　解くに解けない
不思議な智恵ある　カミ様です
メリー　メリーと　言うけれど
メリーの羊じゃ　ありません
トナカイに乗る　神様です
都内や市外や　シナイ山
モーゼの髭に　似るけれど
こっそりやるのが　サンタさん
派手にやるのが　モーゼです
いずれも　民を導いて
カナンをめざす　神様です
大阪に来る　サンタさん
欲ばり子供の　祈りには

カナンわーと　言うそうだ
どこか似ている　戎様
サンタも戎も　ええ神や
何語を話すか　サンタさん
どんな言葉も「自由自在」
昔使った　参考書
名前は似るけど　違います
心で通じる　神だから
言語を越えた　言葉を話す
年を取り過ぎ　入れ歯のサンタ
だいぶ　前から　ハナシです
これこれ　これは　サンタの話
話す　まことの　ハナシです
サンタが　イレバ　この話

まことに　まことの　ハナシです

十二月の詩（うた）

君は　サンタクロースを　信じるかい
太郎は　信じると言い
次郎は　信じないと言う
太郎は　次郎に言う
君はなぜ　信じないいんだい
だって　お父さんが
靴下に　お菓子を入れるのを　見たもん
だけど　なんで　両親の前で
いつもサンタの話を　するんだい
だって　サンタを　信じるふりしないと

お父さんが　喜んで　プレゼントできないでしょ
太郎は　悲しそうな　顔で言った
でも……
あの二度目の　優しいお父さんを
お家に運んでくれたのは
サンタクロース　なんだよ
ぼくは　おと年の　クリスマスイブに
皆で　暖炉のそばで　バーベキューパーティーをした時
煙突から　入ってきたサンタさんが
ニコニコ笑ってるのを　見たよ
それで　たまたま遊びに来た　母さんの同級生が
その時　初めて　心をときめかし
それから　二人の　交際が始まったんだ
男の子が　二人もある母さんを

そのまま愛して　結婚してくれたお父さんは
ほんとに　素晴らしい人だ
そうだろう
うん　うん
ほんとに　そうだ
ほんとに　そうだね
あんなに優しい　お父さんは
おと年の　クリスマスイブに
煙突から入って来た　サンタさんが
ぼく達のために　くれた　最高のプレゼントだよ
うんうん　そうだね　そうだったのか……
でも　ぼくには　見えなかったよ
ぼくには　見えたよ
キラキラ輝く　光の中に　北極星から橇（そり）に乗り

つるハゲの神様が　やって来たんだ
すると　トナカイさんが
「ああ　サンタさん　帽子がないと　子供たちが驚きますよ」
って　言ったんだ
へえー　それで　どうなったの？
すると　サンタさんは
「ああ　そうだ　そうだ　うっかりしてた
わしも　年を取ると　忘れっぽくなってなあ」
と言いながら　ゆっくりと　サンタの帽子を被ったんだ
へえー　すごい
それで　サンタクロースの　正式な姿になり
シュルシュルと　小さくなって　煙突に入ったんだ
ぼくは　二階の窓から　ずっと見てたんだ
へえー　すごーい

ねえ　ねえ　お兄ちゃん
どうして　お兄ちゃんには　サンタが見えるのに
ぼくには　見えないのかなあ
ぼくもあの時　二階の部屋に　居たのに……
ぼくだって　毎年クリスマスに　見えるわけじゃないんだ
でも……
物心ついた時から
サンタクロースを　ずっと信じてるんだ
幼稚園でも　小学校でも
サンタを信じない友達は　たくさんいるけど
ぼくは　ずっと信じてたんだ
だって　サンタを信じないクリスマスは
単なる　パーティーだよ
それは「聖しこの夜」じゃないと思って……

それに……
イエス様やマリア様を　実際に　見た子供がいたのなら
きっと　サンタクロースも　いると思って
ぼくは　ずっと　信じる努力をしてたんだ
そしたら……　おと年の　クリスマスイブに
初めて　サンタクロースを見たんだよ
なにかの　錯覚じゃなかったの？
そうかもしれない
でもそれなら
ファティマで　マリア様に出会った　三人の子供たちも
馬上で　空から降りて来た　イエスに出会ったパウロも
みんな　錯覚になるじゃないか
ぼくは　思うんだ
世界中の大人が　サンタクロースを信じなくても

ファティマで　マリア様に出会った　三人の子供達のように
世界中の子供は　サンタさんを　信じてあげるべきだよ
じゃ　ぼくは　信じるふりだけしてたから
きっと　サンタが見えなかったんだ
じゃ　ぼくは　サンタを信じてたから　見えたんだね
そして　ぼくが　ずっとサンタを信じてたから
きっと　ご褒美で
あんな素晴らしい　お父さんを贈ってくれたんだ
じゃあ　お父さんが
靴下に　お菓子を入れるのを見たぼくは
サンタクロースの　くれたお父さんが
サンタの代わりに　プレゼントするのを見たわけだね
その通りだよ　その通りだよ　次郎
お兄ちゃん　ぼく……

来年は　サンタクロースが　見えるかな
見えるといいね　きっと見えるよ
お兄ちゃん　今日からぼくは　サンタを信じ　毎晩祈るよ
その前に　おと年　お父さんという
最高の　贈り物を頂いたことに
心から　感謝しなきゃ
本当に　そうだね
サンタのおじちゃん
毎年（まいとし）　プレゼントをありがとう
サンタのおじちゃん
優しい　お父さんを与えてくれて　ありがとう
いつの日か　兄弟そろって
サンタクロースが　見えますように……
ぼく達兄弟に　妹がさずかりますように……

あんまり　図々しいお祈りをすると
サンタさんに　嫌われるよ
それもそうだね……
メリー　クリスマス
メリー　クリスマス
その時　北極星は　いつもの十倍輝いて
目には見えない　白い光が　兄弟の家を照らした
北極星から　下界を見ていた　サンタクロースは
微笑みながら　言った
「おい　トナカイよ　また　あの家に行こう
クリスマスイブは　忙しいが　来年は
必ず　あの兄弟の家に行こう」
「トナカイの数も　年々温暖化で　減ってますが……」
「だから……　あの兄弟以外の　世界中の家は

お父さんに　任せるしかない」
「でも……　お父さんの居ない家は　どうします……」
「そりゃ……　もう……
お母さんに　女性サンタになって
やってもらうしかない」
「なるほど　現代は　男女同権ですからね……」
「まあ　そういうことだ　わっはっはっ」
「でも……　両親の居ない子供は　どうしますか」
「そりゃ……　こうだ　父親代わり
母親代わりに　なる人は……
つまり　その子供に対して　親心をもつ人は
みんな　神様と　同じ心の人なんだ
だから　その人はサンタクロースの　代わりができる
だから　ぜひ　やってもらおう

どうだ　トナカイよ　賛成だろう」
「おっしゃる通り　大賛成です　わっはっはっ」
「わっはっは　わっはっはっ」
銀河の星は　またたいて　天の川は流れ出す
その音は　怒濤の　波のように聞こえる
それは　北極星の神様
サンタクロースに　拍手を送る
星の神々様の　ブラボーの声だった

最後の手段

徹夜で書類を書いていたら、いつの間にか夜が明けた。

ぼくは窓を開けて、空気を胸一杯吸い込んだ。なんて、気持ちのいい朝なんだ。だんだん太陽が昇って来るのを見ると、嬉しくなったので、

「おーい太陽やーい。こっちへおいでー」

と叫んだ。

すると、本当に太陽がやって来たのだ。

窓から、ボワーンと入り込んだ太陽は、ふてぶてしく台所の椅子に座った。

「お茶をくれ」

「えぇー。太陽がお茶を飲むんですか」

「飲んだらいかんのかい。大阪だったら、お茶の一杯ぐらいは出すがなあ」

「ここは、あいにく、杉並区なもので、太陽に出すお茶はないんです」

「中秋の名月が来たら、どうするのじゃ。お茶ぐらい出すだろう。おダンゴも添えるだろう」

「それは、そうです。薄も立てて、楽しい夜を過ごします」

「そうだろう。ならば、その名月に出すお茶と、同じものでいいから、わしにも出せ」

「そう言われても……」

「なにい！　月には出せても、太陽には出せんと言うのか。お前なあ、わかっとるのか。あの月というのは、太陽の光を反射させてこそ、名月になれるんだ。言わば、お前は、わしが月に反射してるのを賞で、お茶を出し、ダンゴを供え、薄を立てて楽しんでるのじゃ。本家本元を、大事にせんかい！」

「そ、そう言われましても……」

「お前なあ、お茶も出さんと言うなら、わしにも、最後の手段があるのを、知ってるのか」

「最後の手段?」

「そう。知りたいか。フ、フ、フ、フ。これが、わしの最後の手段じゃあ！」

と叫ぶと、太陽は光まぶしく、光り始めた。

「ま、ま、まぶしい。目を開けてられないー！」

そこまでの記憶はあったが、それから先の記憶や、意識は全くなくなった。

ふと、目が醒めると、もとの部屋に倒れたままだった。

「今のは、一体何だったんだ。太陽に呼びかけると、本当にやってくるなんて……。もう、うかつに、自然とは触れ合えなくなった。そうだ、ドンジョバンニだ。あのオペラの中で、ドンジョバンニが、死んだ騎士長の石像に、話しかけたんだ。今夜の晩餐に招待しますから、来ませんかと。すると、その石像が『行く』と答え、本当に晩餐にやって来たんだ。あれと、全く同じだ。すると、あの太陽は、亡霊の石像か。おれは、そうなると、ドンジョバンニなのか……」

「まさか、あんた。ドンジョバンニほど、女にもてるんですか」

「いやあ――。そのー。ぜんぜん」

「でしょう。だから、あんたは、自分を美化しすぎてるよ」

「そうかなあ……。えっ、えっ、そういうあなたは、一体誰なんですか」

「わしか。わしは、苗字は中秋、名は名月と言ってな。あんたが先月、月見の会で賞でてくれた、月じゃよ」

「ええー！

またですか。お茶ですか。もう、かんべんしてくださいよ」

「股じゃない、月じゃ」

「あっ、そう、月ですね」

「そう、月じゃが、名月さんと言って欲しいね」

「わ、わかりました。名月さん。これでいいですね。ところで、たのみ事はあるんですか」

「別に。何もないよ」

「じゃあ、どうして、ここに来られたんですか。何の用事もなく、来られたのですか」

「ああ、何の用事もないよ。言わば、逆月見だね」

「逆月見？」

「そう、あんたが、何の用事もなく、名月を賞でたように、わしも、何の用事もなく、お前の所に来たのだよ」

「太陽さんのように、特に、お呼びはしなかったのですが……」

「何？

それは、特に呼びもしないのに、なぜ来たんだという皮肉かい」

「い、いえ、べつに。そ、そういう意味じゃなく……」

「じゃ、どういう意味なんだ」

「い、いや特に……」

「あのな、せっかく、お前のことを心配して、見に来てやったのに、その言い種は何だ。そんな態度なら、わしにも、最後の手段がある。お前は、それを知らないのか。フ、フ、フ、フ……」

「え、ええー！　またですか。かんべんしてください！」

名月は、妖しく光ったかと思うと、うさぎの持つ、杵を取り出し、ぼくのお腹を衝いた。

「これが、ツキだ！」

ぼくは、そのまま意識を失い、倒れたまま、記憶が消えた。

ふと、意識が戻ると、もとのままの部屋だった。

「太陽といい、月といい、自然は友達だと思っていたのに、随分気むずかしい連中で、暴力的なのには驚いた。ああ、ああ、もうこりごりだ」

「そうとばかりは、限らんよ。自然にも、優しい存在はあるんだよ」

「そうかなあ、そんな自然があるのなら、お目にかかりたいな。え、ええー。そういうあなたは、一体だれなんですか」

「わしか、わしは星じゃよ」

「ほ、星ですか」

「そうじゃよ。外を見てみろ、もうすっかり夜になっとるよ」

「あっ、ほんとだ」

「わしは、太陽や月よりは、うんと優しいよ。心配するでない」

「ああ、良かった。本当でしょうね」

「ああ、本当だとも、約束する」

「それじゃ、何のために来られたのですか」

「それそれ、その件じゃ。以前お前が、星に願いをしたじゃろう。その願いを、叶えてやろうと思って来たのじゃ」

「えっ、何の願いだったかな」

「色々あったじゃろ」

「そういえば、色々願ったなあ。どの願いを、叶えてくださるのですか」

「それそれ、最も難しい願いを、今日は叶えてやろう」

「それは、何ですか」

「人間になることじゃよ」

「えっ、それは……。ピノキオや、妖怪人間ベムの願いじゃないですか」

「何？　お前は人間になりたくないのか」

「いや、もう、ぼくはすでに人間ですよ」

「どこがじゃ」

「これ、これが人間です」

「どこがじゃ。部屋に太陽を入れたり、名月を入れたりする人間が、どこにおるのじゃ」

「えっ、そうすると、ぼ、ぼくは、今、人間じゃないのですか」

「その通りじゃ」

「じゃ、何なのですか」

「幽体離脱した霊だよ」

「えっ、うそー」

「ほんとうじゃ」

「じゃ、じゃ、早く人間に戻してください」

「心得た」

「お願いします」

「こうなったら、最後の手段を使うしかない。覚悟はいいな」

「ええー。また、最後の手段ですか。もう、かんべんしてくださいよ」

「いやなのか」

「い、いえ。お願いします」

「それじゃ、お前の頭を出せ」

「わかりました」

「よいかな、何があっても、決して目を開けるなよ」

そう言った星は、フライパンで、思い切り私の頭をなぐった。意識はもうろうとなり、目の奥は、星でいっぱいになった。

ふと気がつくと、もとの部屋に倒れたままだった。

「な、な、何だったんだ。これで、ぼくは人間に戻ったのか。それとも、また星にだまされ、殴られただけだったのか。あの太陽と、月と、星は。一体何だったのだ。ぼくは、どうなったのか、よくわからない。誰か説明してくれ。いや、やめよう。また、何かがやってきて、ひどい目に遭わせるかも知れない。うーむ。これを、どう考えたらいいのやら……」

ぼくは、ずっと考えていたが、答えは見つからなかった。それもそのはず。六十年経ってあの世に行って、はじめてわかったのだ。

日本人として自然に親しみ、自然とは仲良しのぼくだったが、あの太陽の閃光を浴びた瞬間、中近東に生まれた前世が、突如蘇ったのだ。自然と戦い、太陽と戦い、月と戦い、星と戦い、砂漠の民を率いた自分が、蘇ったのだ。そして、日の出を見た後、疲れて床に転がり、単に寝ていたに過ぎない。

来世どこかに生まれ、夜明けに窓を開け、まばゆい太陽を見たら、きっと日本人だった記憶が蘇るだろう。その後、床に寝転がった時は、太陽や月や星と、仲良くお茶を飲み、楽しくお話ができるのに違いない。

戸渡阿見（ととあみ）プロフィール

兵庫県西宮市出身。本名半田晴久。1951年生まれ。同志社大学経済学部卒業。武蔵野音楽大学特修科（マスタークラス）声楽専攻卒業。西オーストラリア州立エディスコーエン大学芸術学部大学院修了。創造芸術学修士（MA）。中国国立清華大学美術学院美術学学科博士課程修了。文学博士（Ph.D）。中国国立浙江大学大学院中文学部博士課程修了。文学博士（Ph.D）。カンボジア王国政府顧問（上級大臣）、ならびに首相顧問。在福岡カンボジア王国名誉領事、カンボジア大学総長、教授（国際政治）。中国国立浙江工商大学日本文化研究所教授。その他、英国、中国の大学で、客員教授として教鞭をとる。現代俳句協会会員。一般社団法人日本ペンクラブ会員。また、明るすぎる劇団・東州、東京大薪能、戸渡阿見（ととあみ）オペラ団を主宰し、主演し、プロデュースする。著作は、抱腹絶倒のギャグ本から、学術論文、詩集、句集、画集、料理本、精神世界、ビジネス書など、あらゆるジャンルに渡り、280冊を超える。新作ギャグのホームページは、いつも大好評。また、パーソナリティーのラジオ番組「さわやかTHIS WAY」は、FM、AMなど16局の全国ネットで、22年のロングランを続けて終了する。現在のラジオ番組は、ラジオNIKKEI第1「深見東州のぜんぶ私の歌　ぜんぶ私の話」(毎週金曜23時30分～0時)。2007年9月には、短篇小説集『蜥蜴』を上梓す。2008年10月に上梓した、短篇小説集『バッタに抱かれて』は、日本図書館協会選定図書となる。
戸渡阿見公式サイト　http://www.totoami.jp/

短篇小説集　おじいさんと熊

2017年2月25日　初版第1刷発行
2017年3月25日　初版第2刷発行

著　者　戸渡阿見
発行者　杉田百帆
発行所　株式会社　たちばな出版
〒167-0053 東京都杉並区西荻南2-20-9　たちばな出版ビル
電話　03(5941)2341(代)　　FAX　03(5941)2348
ホームページ　http://www.tachibana-inc.co.jp/
印刷・製本　萩原印刷株式会社

ISBN978-4-8133-2264-1　Printed in JAPAN
©2017　Totoami
落丁本、乱丁本はお取り替えいたします。

戸渡阿見「短篇小説集」

３冊絶賛発売中！

21世紀のシェークスピア、ギャグと感動の人間愛の文学
「戸渡阿見文学」自ら戯曲化して上演する話題作を満載

四六判上製本　定価（本体 1,000 円＋税）

衝撃のデビュー作、人間賛歌の文学登場

蜥蜴（とかげ）

「盛り場」、「てんとう虫」、「バカンス」、「わんこそば」、「ある愛のかたち」、「蜥蜴」などを収録。誰も書けなかったギャグ文学

日本図書館協会選定図書にもなった

バッタに抱かれて

「白熊」、「蝶々夫人」「バッタに抱かれて」、「カフカ」、「人食い熊」などを収録。笑いと涙の中に戸渡阿見哲学がある

最新作

戸渡阿見文学絶好調

おじいさんと熊

新作「残酷な天使のテーゼ」、「アレー人」ほか、「フランケンシュタイン」、「寝つけない夜に」、「おじいさんと熊」などを収録。読みだしたら止まらない！

たちばな出版

戸渡阿見「詩集」

5冊大好評発売中！

戸渡阿見・自由詩の世界は楽しい。
魔法使いのように湧き出る詩心。
子供心に戻って、
秘密の宝箱を開けるように読んでみたい詩集。

A6判上製本　定価（本体1,200円＋税）

詩集 明日になれば

自由詩の世界に目覚め、新しい創作の世界を広げた戸渡阿見、衝撃のデビュー作。ファン必読の詩集。

詩集 ハレー彗星

おもちゃ箱をひっくり返したように、面白くて楽しい、言葉遊びがいっぱいの詩集。自由詩の楽しさを味わおう。

詩集 泡立つ紅茶

アルゼンチン機内の96時間と空港で生まれた、34篇の詩集。まじめとおかしさがミックスされた傑作。

詩集 魔女の目玉

詩人、俳人、歌人、小説家として独自の創作をする戸渡阿見。ぞうさん、ばあさん、かえるさんたちが詩の世界に遊ぶ。

詩集 雨の中のバラード

「アンドロメダ王子」、「ジダンダ」、「南極」、「仙台の女性」など、歌曲として深見東州のCDに収録された詩を満載。

たちばな出版